parque modelo

um romance de

peu araújo

Dados Internacionais de Catalogação na Publicação (CIP) de acordo com ISBD

A663p Araújo, Peu

Parque Modelo / Peu Araújo. - São Paulo :
Edições Jabuticaba, junho de 2024.
156 p. ; 11cm x 18cm.

Inclui índice
ISBN: 978-65-01-03154-5

1. Literatura brasileira. I. Título.

CDD 869.8992
2024-1430 CDU 821.134.3(81)

Elaborado por Vagner Rodolfo da Silva - CRB-8/9410

Índice para catálogo sistemático:
1. Literatura brasileira 869.8992
2. Literatura brasileira 821.134.3(81)

Preparação: Lilian Sais e Rodrigo Alves do Nascimento
Revisão: Agnes Ghisi e Marcelo F. Lotufo
Design miolo: Cesare Rodrigues
Design da capa: Bruna Kim e Marcelo Lotufo
Imagem da capa: Oga Mendonça

9 786501 031545

Edições Jabuticaba
www.ediçõesjabuticaba.com.br
www.facebook.com.br/Edjabuticaba
instagram: @livrosjabuticaba

O Parque Modelo não existe

O Parque Modelo não existe, declara o narrador que nos conduz por essa história que transita pela indefinição e pelo pertencimento. Parque Modelo não existe, mas, na sua não existência, existe explicitamente. Quer dizer, na literatura e na correria só existe aquilo que se declara.

O narrador busca, então, algo que o declare: é um boy, um desbravador social, um paradigma? Uma farsa bem contada ou uma realidade mal dita? O que lhe falta é a confiança das pessoas que fumam um cigarro encostadas na muretinha. *Tá a mesma merda de sempre,* define Gordão, o homem que sabe o que o aguarda depois do trago.

Declarar este mundo, que queima mais rápido que o tabaco ao mesmo tempo que parece congelado no próprio tempo, é uma das tarefas que Peu Araújo cumpre neste *thriller* social sobre territórios que não possuem limites óbvios.

Em 2018, enquanto parte da sociedade se apavorava ao tentar entender a bifurcação política inescapável do seu país, aqueles que sabem dobrar vielas estão cansados de se explicar e continuam sem tempo para isso. Depois do corre, vem o outro corre.

Voltando para o lugar dito inexistente onde cresceu para exercer sua função na tal festa da democracia, o protagonista, ao embarcar em tretas que acha que não fazem mais parte da sua vida, questiona-se: se ele não é mais aquilo, ele se tornou o quê? Nosso narrador parece perdido num grande *entre turnos*, entre aquilo que já foi e aquilo que vai ser. Vai ser se tiver sorte, porque os amigos das pipas agora *dibicam* pistolas. O jogo continua sendo cortar ou ser cortado, o céu continua azul e bonito, mas cada vez fica mais claro que algo mudou e não pode ser recuperado – seja no Brasil, seja na vida que se divide entre os cuzões e os comédias.

E ele seria o quê? É o que perguntamos, quando Kátia, uma mina a quem desejava, das antigas, diz sem firula alguma que no fim ele é apenas um fodido em bairro de rico. Como muitos sabem, só se sai da quebrada uma vez, mas se volta muitas vezes.

Peu domina a dinâmica com a letra irônica de quem conhece os dois lados da ponte e nos leva para esse rolê onde a tensão acumulada deixa um cheiro de pólvora no ar, mas que sabemos bem no colo de quem sempre vai explodir.

Se a democracia se corrói, o lugar que ela nunca acessou fica no passado ou fica no futuro? Peu responde, fica em lugar nenhum e, por isso, em todo canto. É Parque Modelo, a noite vai ser longa e seu cigarro acabou.

Ricardo Terto, São Paulo, abril de 2024

parque modelo

Para Betina, Ainá e Lúcia,
meu futuro, presente e passado

Um sentimento comum unia os três, os empurrava.
Não eram dali. Deviam andar. Tocassem.

João Antônio

turno

1

São Paulo, 7 de outubro de 2018

Eu gostaria de ter a certeza e a confiança das pessoas que fumam um cigarro encostadas na muretinha. Aquele olhar de quem sabe o que fará depois do último trago, de quem sabe que a vida permanecerá ali depois do tabaco. Aquele tipo de gente que aperta o olho ao tragar e traz consigo uma sabedoria que só os fumantes têm. Pense bem. A embalagem avisa que faz mal, o médico diz que faz mal e a pessoa está ali apertando os olhinhos e pensando algo que só ela consegue alcançar. Um conhecimento não compartilhado com quem não repousa o corpo numa mureta para pitar.

Vi um sujeito acocorado fumando numa situação dessas. Ele tinha 30 e poucos anos, cabelo disfarçado que ia da máquina zero no pescoço até a máquina três no topo da cabeça, bigodinho reto, fininho, uma tatuagem no antebraço esquerdo, não sei se palhaço ou personagem do Looney Tunes. É magro, mas forte. Ele apertava os olhos como se todo o rosto absorvesse aquela nicotina.

Me olhou de forma intimidadora e não disse uma palavra sequer. Deu mais um trago com os olhos rasgando o asfalto na minha direção e desviou o foco no labirinto das suas ideias de fumante de mureta profissional. Era bonito e ali, naquele pedacinho de cimento em frente a um prédio quase abandonado, de paredes quase carcomidas, era charmoso. Aquele teco de terra no meio do Parque Modelo é também uma biqueira, boca de fumo, boca, chame como bem entender... e o homem tatuado, profissional de cigarros e de muretas, também vende drogas.

As mais antigas do bairro, as velhas de janela mesmo, garantiam que ele não ia chegar aos 20. Treteiro, caçador de confusão e talarico, que cê sabe, né? Dura pouco em regiões assim. Uma vez ele ficou com uma garota que tinha um namorado lá do Lauzane. Ele era moleque, se pá até menor de 18, e quase acabou em morte. Claro, quem se fodeu na história foi a mina, que foi tirada de vagabunda e teve que sair do bairro. Ninguém sabe mais por onde ela anda.

Disseram também que ele é bom com os números. Quem comentou isso comigo foi um cara que mora na minha rua e frequentou o Paul Hugon na mesma época que ele. Ele nem estudava, causava o tempo todo, mas ia bem nas provas. Isso tudo antes de se aposentar da vida de estudante. Talvez por isso ele fume o seu cigarro apertando o rosto todo. Devem ser as equações. O que será que ele calcula enquanto isso? O que será que ele quer da vida às três da tarde fumando um Eight com uma imagem de um feto na parte detrás do maço? Ele tem grana pro Marlboro, pô. Dizem que é dono dessa boca há alguns anos e esse ponto sempre foi movimentado. Tem muito boy da Santa Inês que desce para comprar aqui, porque é mais seguro. Talvez esteja fazendo planos de se mudar, juntando dinheiro. Fumando o cigarro com o rosto todinho e vendo quanto falta para sair dessa vida? Sei lá. Acho que ele não vai com a minha cara. Treta antiga.

Ele equilibra a guimba com o dedo médio, pressiona com o dedão e atira um pequeno míssil, ainda em chamas, na minha direção. A bituca cai perto do meu Air Force 1 branco de cano alto. Ele sorri com os olhos diante do desespero de sujar o meu *boot* e dispara com a sua voz rouca, baixa, mas firme:

— E aí, cuzão. Bateu saudade?

Diminuo o passo e respondo, tentando demonstrar uma pressa que na verdade eu sei, e ele sabe, não existe. Sou protocolar como operador de *telemarketing* que quer bater a meta:

— Vim votar aqui no Gastão, pô. Só dando uma passada na vila pra ver como tá.

— Tá a mesma merda de sempre. Tem nem o que ver.

O meu erro sempre foi tentar quebrar o gelo nas conversas:

— É nada, mano. Umas paradas mudaram. O muro lá de baixo, na entrada dos Bancários, tá cheio de pixo novo. A padaria, cê viu? Fizeram uma reforma, ficou legal.

— Essa porra já tem uns dois anos. Você deve ter colado na última eleição na quebrada, mano.

— É nada, eu…

— Sai lá da casa do caralho pra votar nuns arrombados que não fazem nada por nós. E nunca mais aparece pra ver se tamo vivo. Acha que tá suave ficar desfilando a bundinha por aqui?

Não posso abaixar a cabeça, tem gente olhando. Quando nós éramos moleques eu enchia ele de porrada e isso aí é raiva antiga. Ele realmente não gosta de mim. Penso em mil argumentos, todos fracos, e emendo minha única saída para situações como esta:

— Vai se foder, Gordão.

Ele odeia esse apelido. Acho que fui eu que dei.

O homem tatuado me fulmina com os olhos. Ele coloca a mão no bolso da bermuda de surfe colorida que cobre até metade do joelho. Por um instante penso que essa conta, das nossas tretas antigas, vai ser paga agora, mas depois de um caralhésimo de segundo começo a achar pouco provável que ele saque uma arma num domingo à tarde na frente de um monte de Zé Povinho.

Ele puxa o maço de Eight e me oferece um solto. Nego respeitosamente com a intenção de sair logo daquele enrosco.

Sigo em frente com o cu apertadíssimo, a perna ainda meio molenga e a certeza de que não sou mais deste lugar. Fico pensando na Clementina de Jesus cantando "Marinheiro Só". Eu, de fato, não tenho amor, não sou (mais) daqui e ainda estou levando uns tombos do navio no caminho.

Ouço alguém me chamar, mas bem longe. Me sinto meio ridículo rodando a cabeça de um lado pro outro.

Ouço de novo. E nada. Às gargalhadas, alguém grita.

— Aqui na laje, cuzão. Olha pra cima.

Mano, o Soneca tá empinando pipa na laje com 30 e tantos anos nas costas. Porra, e eu falando que a quebrada tinha mudado. Vejo essa mesma cena há duas décadas. Se bem que algumas coisas mudaram, sim. Ele tá mais careca, mais barrigudo, com a aparência cansada. Eu também estou. Mas, de resto, a mesmíssima coisa.

Olho para cima e não está só ele nessa função. O céu é azul, bonito, quase sem nuvens, o vento forte e os meus amigos de infância, junto com os filhos e outros moleques do bairro, estão com a cabeça nas nuvens. Os pipas coloridos, as rabiolas de sacolinha de mercado, cerol, vidro, linha chilena (que é uma novidade pra mim) e me sinto com 15 anos de novo.

Muita gente já tentou me corrigir, disse que o certo é a pipa, que não sei o quê, mas não estou nem aí. Vou continuar falando o pipa para sempre.

Sempre empinei muito mal, mas não posso dizer que não participei dessa guerra selvagem contra os motoqueiros. A minha piração adolescente era passar o cerol. Eu adorava esticar a linha entre duas árvores ou dois postes, moer o vidro em micro pedaços, pegar a cola, misturar tudo numa gororoba, geralmente dentro de uma lata de Leite Ninho ou de Nescau. Tinha uma época em que a gente ganhava também uns latões de 5 kg de Leve Leite, um leite em pó que a prefeitura dava. Tinha gente na necessidade que levava para casa e outros que vendiam por 5 conto. A saída da escola no dia de entrega do leite era a 25 de Março no Natal.

A minha noia era deslizar a mão pegajosa no fio branco. Essa dança, esse vai e vem mortal, me encantava e quando uma linha que turbinei cortava outro pipa, eu me sentia um vencedor também. Era uma pequena vitória, um pequeno e invisível triunfo. Eu era quase uma Amélie Poulain da Zona Norte de São Paulo. Caralho, como eu viajava.

Há todo um código de honra, de território e de poder quando um pequeno pontinho colorido despenca vagarosa e pendularmente no céu. Apenas os distraídos acham que a guerra acaba quando um pipa é cortado. Quem teve o prejuízo de perder o pipa, e principalmente a linha, tem a obrigação moral de ir atrás e pegar tudo de volta. Quem venceu a batalha também tem a obrigação, misturada ao prazer da vitória, de tentar tomar tudo do adversário. Quem acompanhou a batalha aérea também corre para tentar um pipa de graça ou apenas para ver o circo pegar fogo.

Enquanto o pipa flutua livre dos desmandos do vento, o bairro todo se apressa para recuperá-lo. É uma parada de adrenalina, virilidade, não sei explicar. Quando você vê já tá lá no buxixo com alguém por causa de uma parada que custa uma merreca e do nada já vira treta de território, picuinha pessoal e invariavelmente o pau canta.

— Sobe aí, mano. Já votou?

Abro o portãozinho enferrujado e me embrenho naquele corredorzinho abafado que nunca viu um reboco.

— Dá licença, Dona Neide. Tô subindo pra falar com o Soneca, quer dizer, o Jairo.

— Minha Nossa Senhora, meu filho. Não tinha visto quem era. Que barbão, cê tá esquisito. Achei que não ia te ver mais. O povo daqui falou que cê tinha mudado pra longe. Tá bem?

— Tô sim, Dona Neide. Sabe como é, correndo.

— Correndo de quem, menino?

— Das contas, das confusões.

— Por falar em confusão, aquele traste tá lá. Fala com ele. Vê se bota algum juízo naquela cabeça. Desde que ele saiu lá daquela história que não quer saber de emprego, de seguir uma vida correta. É só baile funk e chupar narguilé.

— Vou falar com ele, Dona Neide. Pode deixar.

— Deus te ilumine, meu filho. Porque eu já desisti daquele lá já.

Rodrigo Faro conta a vida de uma família quase como aquela na TV num volume altíssimo. Seu Zé, o marido da Dona Neide, me dá um "oi" sem interesse e continua vidrado na história.

Passo pela cozinha, vou até o quintal, no fundo, e subo os degraus irregulares que levam até a laje em eterna construção. O Soneca empina pipa ali desde que éramos moleques, pique 10, 11 anos. Ele era o melhor da rua nisso, um Zidane do cerol. Calmo e eficiente, ele conduzia a linha com cautela e, certeiro como uma jararaca, dava o bote. Poucas vezes eu o vi sair perdendo nesse jogo. E, sempre que isso acontecia, ele botava a culpa em alguém.

Se for para fazer um paralelo para os dias de hoje, Soneca seria o Baianinho de Mauá do cerol. Sua habilidade colossal enquanto *dibica* o pipa é tão feroz quanto a do jogador de sinuca. Craques, um do pano verde e outro do pano azul.

Ele está lá agitado. Sem camisa. Na parte de cima da cabeça um clarão sem cabelos e abaixo do peito uma pança de tiozão. Ele não olha pra mim, mas começa a conversar. Apesar disso tem os braços e pernas fortes. Nossos papos, quando ele está nesse rolê, sempre rolam assim. Ele lá na função e eu achando que ele não está prestando atenção no que eu digo, mas está. Às vezes faço uns testes para ter certeza, mas ele sempre se lembra da frase que eu acabei de dizer na íntegra.

— Caralho, Soneca. Você tá careca e gordo pra caralho, mano. O que você tá comendo?

— Até parece, tá falando aí como se tivesse magrinho, né, otário? Tô comendo a sua mãe.

Eu me levanto e chego perto das costas dele e começo a passar o dedo indicador no tampo da cabeça.

— Que porra é essa aqui? Tem que preservar essa selva amazônica aqui que tá foda.

Ele, com a sua gentileza peculiar, responde:

— Vai tomar no cu, arrombado. Se veio aqui pra me zoar pode ir embora, cuzão.

Me sento e tento fingir alguma maturidade:

— Mano, sua mãe tá lá fortona, né?

— A véia é foda. Saúde de ferro. E meu padrasto, falou com ele?

— Nada, ele tá lá vendo alguma coisa na TV e nem falou nada. Mas é sempre assim, né?

— Mano, ele tá bêbado que nem um gambá. Não fala, porque nem deve tá conseguindo. É só olhar quantas latas de breja tem em volta dele.

— Ainda mais aquela cerveja lá. Aquilo ali é puro milho.

— Mano, ouve bem o que você tá dizendo. Cê acha que o véio vai tomar IPA? Ele é bebum, um pudim de pinga do caralho. E você, um vacilão. Agora tamo conseguindo que ele beba só breja e não mais corote puro. É uma evolução isso aí.

— Pode crer, foi mal.

— Cê tem uns papo de boy e nem percebe.

— É que Glacial é ruim demais, mano. Se fosse uma Skol, Brahma, pelo menos. Menos mal.

— Skol custa o dobro, o triplo. Você acha que faz diferença, se ele tá na intenção de chapar? É tudo a mesma merda. Bebe, dorme, se mija e reclama da vida.

— Que merda. Mas como você tá, mano? A Dona Neide me pediu para trocar ideia com você, porque você tá sem trampo e tal.

— Ah, mano. Você sabe, tô correndo atrás das de 100, tentando sair dessa vida aqui.

— Empinando pipa no meio da tarde?

— Ô, seu cuzão. Hoje é domingo. Dia de cortar esses otários na mão pra eles perderem linha pra caralho. Quer ver?

Soneca, mago da dibicada, deixa o pipa descer no céu até chegar mais perto da gente e ele faz o pequeno pontinho amarelo dançar no azul. Ele se aproxima de um desavisado pipinha vermelho e segundos depois podemos ver o pedacinho de papel colado com dois gravetinhos flutuar, fazendo um pêndulo da esquerda para direita, da esquerda para a direita. O meu amigo marmanjo careca ainda tenta aparar pela rabiola, mas não consegue. E satisfeito ele se vira e fala:

— Se essa merda aqui desse dinheiro eu tava milionário, cuzão.

Ele já não tem mais a disposição de descer correndo da laje, disputar espaço ombro a ombro com meninos com idade para serem seus filhos para depois exibir a caça. Ele está feliz, do alto do castelo, por ostentar o posto de um dos maiores pipeiros do Parque Modelo.

Sobre pipas, baile na Favela do Sapo e as noites na finada Polo North, o Soneca também fala, mas não abre a boca nunca sobre os dois anos e três meses que passou no CDP de Guarulhos e algumas cadeias no interior. De herança, tem quatro pontos tatuados na mão direita, entre o dedão e o indicador, e uma carpa, feita depois que saiu da prisão, também do lado direito. Faz pouco mais de seis meses que ele viu a liberdade cantar.

— Não quero saber de papinho de pipa, nem de pó e nem de balada.

— Como você acha que eu tô, mano? Fodido. Ex-presidiário, preto, sem estudo, sem saber tocar pandeiro e ainda perna de pau. Que vida você acha que sobra?

— Mas cê não tá andando com o Gordão de novo não, né, mano?

— Caralho, cuzão. Nem chama ele assim que ele fica puto.

— Acabei de chamar.

— Mano do céu, outro dia ele encheu a cara de um moleque do Lauzane de coronhada por causa disso. Desconfigurou o menino lá. Molecada dessa nova geração lá de cima, saca?

— Entende o que eu tô falando? Esse mano é um psicopata, um maluco doido do caralho.

— É, mas por causa dele eu sobrevivi lá dentro, caralho. Por causa dele nunca me faltou o jumbo, por causa dele nunca faltou remédio pra minha mãe e goró pro pudim de cachaça do meu padrasto.

— É, mas e o preço que cê vai pagar por isso?

— Irmão, eu vou pagar essa conta até o último dia, não tem jeito. Mas me diz uma coisa, onde você tava quando minha coroa tava passando necessidade? O Lagarto não te deu um salve do que tinha rolado?

— Deu mano, mas eu não tinha como ajudar.

— Pois é, agora tá aqui de olho no dinheiro que eu ganho…

— Vai citar Racionais pra mim, Jairo? Já sei essa letra aí, caralho.

— Sabe mesmo? Eu sou a porra do Negro Drama, tio. Você sai lá da casa do caralho pra me dar lição de moral sobre onde eu curto meu baile ou como minhas bucetas?

— Mano, a sua mãe que pediu pra eu te dar um salve.

— Foda-se, caralho. Ela sempre vai te pedir pra falar comigo, porque você saiu da lama que nóis vive. Ela te viu na TV outro dia, acha que você é importante. Mas eu sei que você é o mesmo cagão que morava aqui na Pataji. Eu sei que você é o mesmo moleque que morria de medo de polícia, de bandido, tinha medo até dos pixadores no rolê. Ela não sabe, eu sei.

— Mano, eu não quis te ofender.

— A sua presença ofende, mano. A sua ausência também. Já votou? Já apertou os numerozinhos lá na urna? Agora vai lá pra varanda gourmet dos seus amigos cheiradores de farinha curtir que seu candidatinho vai pro segundo turno.

— Cê tá doidão, Soneca?

— Quem tá doidão é você, mano. Cê já chegou aqui chamando o mano lá na esquina de Gordão, já criou inimizade com quem manda e acha que pode subir na minha laje, atrapalhar o melhor horário de vento pra me falar o que eu tenho que fazer?

— Desculpa, Jairo.

— Mano, se já votou, se já viu que tamo vivo, vaza. Não tem mais nada aqui pra você. Eu não devia, mas vou te mostrar o áudio que o cara que você chamou de Gordão mandou aqui no grupo dos meninos um pouco antes de você subir aqui na laje.

"Aê, o que esse arrombado desse playboy tá fazendo na casa do Soneca? Se vocês não fizerem esse cuzão meter o pé daqui até às cinco eu vou tirar ele do Modelo embaixo de porrada, vou nem gastar minha peça nesse saco de vacilo."

— Já viu que horas são? Falta um minuto. Tic tac, nego.

Meu corpo congela na laje sem beiral. O varal cheio de calcinhas da Dona Neide parece ficar desfocado. Sinto as pernas pesarem, a pressão cair. As pessoas que cresceram comigo me odeiam. Os meus amigos querem me ver lá no ponto de ônibus da lotação do Jardim São Paulo. Vou transferir o título de eleitor.

— Cê tá bem, mano? Cê tá branco pra caralho.

— Preciso ir embora, como você bem percebeu aí no áudio.

— Tá certo. Já deu sua hora mesmo.

Desço as escadas com pressa, raspo o cotovelo na parede de tijolos aparentes. A ardência grita no braço esquerdo e sinto sair um pouco de sangue. Não paro para dar tchau para Dona Neide nem pro padrasto do Jairo. Apresso o passo, mas quando entro no corredor estreito em direção ao portão vejo o Gordão à minha espera. Ele está com o cigarro vagabundo dele enfiado no beiço e aperta o rosto todo, com satisfação, ao ver minha cara pálida.

— Que horas são, aí no seu reloginho de zé ruela?

— Mano, eu já tô de saída, não vou causar nada aqui, cê tá ligado. Eu só vim no Gastão votar e já tô...

— Eu perguntei que horas são no seu relógio, caralho.

— São cinco e um.

Ele repete o que eu falo com voz de deboche. E prossegue:

— E tá esperando o quê?

— Mano, eu não tô esperando nada. Vou vazar.

— Tá esperando o quê pra tomar uma com nóis ali no bar do Gordo? Ele sim é gordo, arrombado.

Ouço uma gargalhada avassaladora atrás de mim. Soneca, esse filho da puta, vem fazendo a maior zona no corredor e gritando.

— Mano, cê precisava ter visto a cara dele quando ouviu o áudio. Eu devia ter filmado essa porra.

O fumante de mureta abre um sorriso e exibe um dente de ouro. Ele engalfinha o braço com um palhaço tatuado ou Patolino no meu ombro e me conduz até o bar.

— Esse bar não é mais do Purinho?

— Mano, cê é um cuzão que não visita mais a gente mesmo, né? Faz uns três anos que essa porra mudou de dono.

Jairo mais uma vez me lembra que sou um turista na quebrada, mas me agarra com o braço da carpa tatuada e me leva pro boteco.

2

O Parque Modelo não existe. Esse pedacinho de terra à mercê do tempo e esquecido num buraco entre as avenidas Santa Inês, Direitos Humanos e Parada Pinto aparece na correspondência como Jardim Carlu, um nome tão impopular quanto sem graça, que protocolarmente faz parte do Mandaqui, esse sim um bairrão cheio de pormenores com 26 bairrinhos.

Há duas histórias pro Mandaqui, uma de que em Tupi significa "Rio de Bagres" ou "Rio dos Mandis", por causa da água que corria irrefreável onde hoje é a Rua Conselheiro Moreira de Barros. E outra, que me apetece mais, que é a de que, no século XX, um português doidão que curtia um corote de época saía pela rua gritando que quem mandava ali era ele, que era o dono da porra toda. E aí o "quem manda aqui sou eu" foi incorporado ao nome da região.

O Mandaqui é um bairro com pedigree. Lugar que teve gente de posses, como os suíços de origem alemã da família Zumkeller, que muita gente pronuncia "Zumkéller", os belgas De Laet, os alemães

Doll, entre alguns outros aristocratas que hoje ostentam pouco mais do que os nomes das ruas.

O Jardim Carlu não tem *glamour*. É uma quebrada sem estrelas. Pouco se sabe sobre as ruas Pataji, Carioba, Isolina, Edite, Pinhal Alto, Marquês ou Ivolândia, que tem a teimosia de aparecer em dois pontos da Avenida Santa Inês. Mas a verdade é que ninguém na quebrada fala: "eu moro ali no Jardim Carlu". Parque Modelo é o nome que está grafitado na parede da Rua Pataji ao lado de alguns personagens infantis. É o nome da boca do Gordão. Parque Modelo é o nome do bairro em que eu cresci.

E é no Parque Modelo que eu já estava bêbado depois do sexto litrão. O fumante de mureta já tinha ameaçado matar um tiozinho pinguço que olhou para ele por quatro segundos e o Jairo já tinha perdido na sinuca os 20 reais que emprestei.

— Cê sabe que dinheiro pro Jairo cria asa, né? – o Gordão ria quando estiquei a segunda arara.

O celular começa a vibrar na calça. Uma, duas, três, quatro mensagens do Leozinho na sequência.

— Vish. Meu mano de faculdade... Tá ligado o Leozinho? Trampou na campanha do cara que votei e deve tá bem louco me mandando mensagem aqui. Deixa eu ver.

— Se for rolar festa nóis vai também. Pego o carro do meu padrasto lá em casa. – o Jairo comenta enquanto mira o seu taco míope diante do maltrapilho pano verde da sinuca.

— Cês não tavam me zoando por causa do cara? Agora…

— Mas se tem uma coisa que esses caras aí gostam é de gente pobre. É só falar de duas ou três dificuldades que eles já ficam querendo te ouvir. Olha aí, os caras te dão mó moral e cê é mó zé ruela.

O Jairo tinha razão.

Falei com o Leozinho depois de duas tentativas. Ele disse que toda a cúpula da campanha tinha ido para um hotel na região do Paraíso e estava rolando uma festa com tudo de graça. Champanhe, uísque, comidas chiques. Perguntei se podia levar uns amigos. A resposta veio em um áudio de 8 segundos.

Traz quem você quiser, amigo. Seus amigos são meus amigos também. Você sabe muito bem disso.

Como previu Soneca, os pobres podiam ir.

Chamei o Gordão e o Soneca e dei o play na mensagem.

Eles se olharam por dois segundos e caíram na gargalhada. O Gordão riu tanto que deixou cair o maço de cigarro e tirou a sua pistola do vão entre a cueca e a bermuda de surfista que nunca pegou onda. Ele apontava a peça para cima e ria, ria. Sentou na mureta em que fumava no meio da tarde para tentar se acalmar.

— Seus amigos são mais otários do que você, mano. Pelamordedeus. Ele mudou o semblante e deu um grito que parou o bar.

— Meeeeeeeeeeeeuuuuuuuuuuu, cola aqui.

Um maninho magrelo, preto de pele bem escura e olhos vivos, saiu do balcão onde tomava uma cerveja e veio a passos largos.

Ele usava uma corrente de ouro discreta, uma polo listrada branca e azul, uma bermuda de surfe também azul, mas bem clarinha, e um Mizuno também azul no pé. O tênis custa na base de uns mil contos se for original.

— Qual é, chefe?

— Toma conta da loja que vou dar um rolê com esse cuzão aqui.

— Demorô. Vai na paz.

O menino, que não deve ter muito mais de 20, sacou que era a sua oportunidade de mostrar serviço. Ele tentou passar confiança ao superior e com as mãos pra trás perguntou:

— Tem alguma treta pra resolver hoje ou tá suave?

— Tá mamão, nego. Fica bem. Só fazer o que você já sabe que tá tudo certo. Bota o Caveirinha na encruzilhada, o Napa lá em cima e fica no ponto certo que não tem erro.

— Chefe, mas e aquele gambé que cola aí? Não é de domingo que o verme vem?

— Esse PM aí tá suave, Meu. Arruma mais nada com nóis por um tempo. Na tranquilidade, sem afobação. Mas ó, tá na tua responsa.

— Pode deixar.

O Gordão virou para mim e falou:

— Cê lembra do Meu?

Eu não fazia ideia de quem era aquele rapaz alto de olhos curiosos.

— Meu, você não lembra desse otário aqui?

— Não lembro não, chefe.

Gordão, como quem tem uma fofoca muito boa para contar, roça as palmas das mãos. Olha pro rapaz, olha para mim e sorri. Ele envolve os braços nos nossos pescoços, aproxima o rosto da gente e começa a falar um pouco mais baixo como se fosse um segredo.

— Ele é aquele mano que segurou tua onda de tomar um cacete daqueles moleque doido da Vila Albertina. Lembra disso?

— Caralho. Pode crer. Mas ele tá muito diferente com essa barba aí. Nem parece um dos nossos. Quando vi você com ele achei que era ou da Civil ou um desses boy de Santana que cola pra cá.

— E quando foi que você me viu de papinho com gambé, caralho. Tá me tirando?

O Meu se desculpa com o chefe e me agradece com os olhos em silêncio.

Há 10 anos, quando ele tinha uns oito, nove, sei lá talvez 11, eu o vi tomando um apavoro de uns meninos um pouco mais velhos de outra quebrada. Já não era mais dali, estava só visitando o bairro, mas colei do lado dele e perguntei se estava com alguma treta. Um dos seis moleques que o rodeavam ainda tentou derrubar ideia para cima de mim. Disse que tinha um canal, que vende isso e aquilo, que ia roubar nós dois. Mas aí não dá, né? Vomitei meia dúzia de argumentos preenchidos com quatro dezenas de palavrões e os moleques vazaram.

Levei o Meu até a casa dele, que ficava umas duas ruas para cima da casa onde eu morava quando era mais novo. A mãe dele, que era só um pouco mais velha que eu, me agradeceu muito. Até hoje ela sorri quando me vê.

O nome dele é Thiago, mas o apelido veio desde novinho. Ele, que vivia com os moleques mais velhos, era metido a treteiro e tinha a boca solta para falar palavrão. Numa dessas peladas no campinho, que virou estacionamento, bem no meio dos Bancários, entre as ruas Jaime Adour da Câmara (um escritor e jornalista) e Doutor João Uchoa Cavalcanti (um jurista), mais conhecidas como ruas três e quatro, ele, na sua euforia por palavrões, gritou para um moleque que acertou uma bolada, meio sem querer, na sua cara:

— Vai tomar no meu cu, porra.

Não sei se eu estava nesse dia, não posso dizer com precisão que fui testemunha ocular de tal momento da história da humanidade, mas o apelido "Meu" e a história se espalharam mais rápido que sapinho em dia de quermesse. E segundos depois todo o Parque Modelo, Bancários e adjacências do Jardim Harmonia já sabiam do moleque que seria chamado de Meu para a vida toda.

De fato, o candidato progressista em quem votei foi pro segundo turno. E eu, depois de oito ou nove litrões, entrei no banco de trás do Santana branco (bem carro de polícia aposentado) do padrasto do Soneca, que ia ao volante, mais bêbado que um gambá, e ao seu lado o fumante profissional de mureta batendo a cinza pelo asfalto da Zona Norte.

Entramos na Avenida Voluntários da Pátria desde o final. Passamos em frente à igreja São José do Mandaqui, uma construção da década de 1950 que tem um telhado imenso que visto de longe parece um escorregador ou o tobogã do estádio do Pacaembu. A rua pouco movimentada ainda mantém alguns endereços clássicos. É noite de domingo, está tudo fechado, mas é boa a sensação de passar em frente ao pedaço que tem a lombada eletrônica e ver a loja que vende bateria de carro, o marceneiro, o chaveiro, o autopeças, a loja de fogos de artifício, que com toda a ironia do mundo pegou fogo duas vezes; umas pizzarias pouco felizes, uma barbearia e um salão de cabeleireiros mais novos e parecendo meio deslocados entre aquelas portas antigas de metal. Do outro lado da rua nem deu tempo de ver se o Amazing Balls, a maior piscina de bolinhas da América Latina, ainda estava de portas abertas.

Passei muitos anos da minha vida acompanhando essa avenida de uma faixa só, empoleirado dentro dos ônibus ou vez ou outra encarando trechos a pé. A Voluntários da Pátria sempre foi, e provavelmente sempre será, o trajeto principal dos ônibus e do fluxo de pessoas que saem todo dia daquele pedaço da Zona Norte com raiva por dentro a caminho do centro.

Passamos devagar em frente ao Hospital do Mandaqui, que sempre recebia os detentos do Carandiru nas emergências, e ali as lojinhas e portinhas começam a dar espaço aos prédios residenciais, colégios particulares, padarias com catraca, e o cenário muda. Estamos em Santana.

Já lá perto do boliche e do shoppinho, que há séculos tinha uma loja de skate chamada Shock, o Gordão se lembrou de um detalhe:

— Ai, caralho. Minha arma.

O Jairo arregalou os olhos na direção do copiloto e parou o carro na esquina com a Rua Dr. César (acredito que seja um médico) e perguntou:

— Cadê?

— Na minha cintura.

Ele tira sua Sig Sauer e mostra para gente como se fosse um celular ou qualquer outra coisa banal.

Infelizmente não posso dizer que essa foi a primeira arma que eu vi na vida. Não foi um policial com o revólver na minha cara ou uma briga de bar. A minha primeira vez foi em casa, e ela era do meu pai. Um 38 preto com o cabo de madeira guardado sempre numa caixinha aveludada. Ele ficava sempre guardado em cima do guarda-roupas e sempre tive medo que ele se lembrasse da arma quando ele enchia a cara de cachaça e batia na minha mãe. Quando eu era criança não tinha ninguém por perto, lembro de pegá-la nas mãos, observar seu mecanismo, ver as balas que ficavam fora do tambor, colocar algumas dentro, limpar com uma flanela que ficava também guardada, puxar o cão, fazer a mira em algum alvo imaginário e sentir, pelo menos por um instante, o poder indescritível de ter algo mortal ao seu alcance. Fiz isso por anos num ritual secreto. Cheguei até a mudar de lugar no armário para evitar que sua agressividade bêbada se tornasse letal. Essa arma só foi embora de casa em 2005, mesmo ano em que eu entrei na faculdade, numa campanha nacional pelo desarmamento da população.

Caralho, como alguém se acostuma com uma Sig Sauer (que ele pagou caro e só usa porque o Ice Blue cita a arma na letra de "Da Ponte Pra Cá", dos Racionais MC's)? Eu explodi no banco de trás:

— Ah, você não percebeu que tinha uma pistola na sua cintura, Gordão? Me explica isso, por favor. Vai fazer o que com essa merda agora?

— Vou enfiar nesse teu cu gordo.

Bom, pensando que ele está nervoso e armado, decidi não contra-argumentar.

Os dois ficaram em silêncio por alguns instantes que pareceram cerca de três meses e meio. As duas cabeças rareando o cabelo na nuca tentando descobrir o que fazer com uma arma de numeração raspada dentro de uma festa do possível futuro presidente do Brasil. Tentei me antecipar à tragédia e dar fim logo nisso. Não pertenço mais ao lugar mesmo. Eu sei disso, eles sabem disso.

Para que esticar esse chiclete? Para que me queimar por dois malucos, ex-detentos, um deles com sérios problemas para controlar a raiva? Para quê?

— Manos, acho que essa é minha deixa pra vazar. Tô aqui do lado do metrô Santana, desço aqui na moralina. Pego minha condução e vou pra casa. Se pá nem colo nesse rolê aí que falei.

E nesse momento em que eu ia, mais uma vez, assinar o meu atestado de cuzão profissional, o Leozinho me liga. Ao pegar o telefone no bolso da calça sinto as minhas mãos suadas e trêmulas. A minha voz provavelmente também não está das melhores.

— Qualé, companheiro. Cadê você?

— Tô só resolvendo uma questão aqui e tô a caminho.

Tento abaixar o volume da ligação, mas os dois nos bancos da frente ouvem a conversa e me trucidando com o olhar confirmam o que já sabiam: eu iria abandoná-los.

— Cara, será que aqueles teus amigos que tão vindo não descolam um padê aqui pra galera? A parada tá acabando aqui e a festa vai longe.

— Ah, mano, você sabe que eu não ando com essas coisas...

Gordão toma o telefone e engatilha:

— De quanto você precisa, chefe?

— Ah, traz o quanto você tiver aí.

— E vai pagar como?

— Tamo com grana aqui.

— Você quer que eu leve quanto eu tiver? Posso fechar minha loja e mandar tudo pra vocês? Como é domingo, já tá de noite, meio chovendo, eu consigo descolar uns 500 gramas.

— Tô gostando de ver. E quanto custa?

— Cara, pensando no padrão que é 25 conto a grama dá 12.500, mas como tenho que embalar o presente, pagar o motoboy e arcar com as despesas de estar trabalhando num domingo à noite, eu vou te cobrar só mais 2.000 pra gente manter o sigilo profissional.

— Traz que a gente te paga mais 500 conto pelo profissionalismo.

Puta que pariu, estão negociando a compra de meio quilo de cocaína no meu celular. Eu tô muito fodido e nem cheguei no rolê.

— Vamo fazer o seguinte. Pra não dar merda, eu mesmo vou entregar a mercadoria. Passa o endereço pra esse Zé Cu aqui que você ligou e me espera aí às oito da noite.

Com a certeza da derrota, igual aos jogadores da seleção brasileira que foram pro vestiário depois do primeiro tempo tomando de 5 x 0 no dia do 7 x 1, eu disse: — Já sei o endereço.

— Então, demorou. Deixa eu só falar com os meus colaboradores aqui e já nos encontramos.

— Perfeito, combinado. Como é mesmo seu nome?

— Me chama de amigo, chefe. Melhor assim.

Gordão me entregou o telefone:

— Você ainda tá preocupado com a arma na minha cintura?

Jairo, não sei se puto ou feliz, ri e fala:

— Caralho, arma pode assustar, mas 500 gramas de farinha tá suave. Sem contar que vão gastar 3.000 a mais pra deixar de ser otários.

Ele tem razão e eu concordo:

— Foda-se, dinheiro ali é o que não falta.

Gordão, talvez pela primeira vez no dia, concorda comigo:

— Agora tô gostando de ver o raciocínio. Tô pensando até em te dar comissão por essa venda. Vou tirar 500 conto do corre do moleque da moto que vai fazer o pião pra mim e divido entre vocês dois os 2.000 que esses vacilão vão dar a mais.

Ele é rápido mesmo com os números. Imagina esse mano trampando num lugar sério? Metendo toda essa sabedoria para fazer o patrão lucrar ainda mais? Ele ia ser um desses executivos fodões que saem na capa da Época Negócios.

Numa tentativa de amenizar toda a tragédia que poderiam ser as próximas horas ele diz:

— Mano, não se preocupa com a arma. Vou dar um jeito e não vai dar milho pra você, relaxa.

É, a arma não parece mais um problema. Eu acabei de intermediar a venda de meio quilo de cocaína e vou ganhar comissão pelo serviço. Entrando em pânico, eu abro a porta do carro.

— Vocês são malucos, caralho. Como a gente chegou nesse ponto?

O Jairo tem a resposta na ponta da língua:

— Ué, com seus amigos tamanduás da varanda gourmet.

— Eu vou embora pra casa. Fodam-se vocês e eles.

Com a mesma expressão que fazia quando eu quebrava a cara dele no campinho de futebol, o Gordão me olha e saca a arma da cintura:

— Entra nessa porra desse carro e ajeita o cu nesse banco. Agora estamos falando de negócios.

Com toda a calma do mundo ele me explica os próximos passos:

— Me passa o endereço do hotel, me explica como a gente chega lá e depois você vai beber e cheirar com seus amiguinhos viadinhos na suíte presidencial. Vai ser igual àquela peça de teatro que fica um cara enfiando a mão no cu do outro e girando.

Já admitindo a minha derrota e para evitar entrar em um conflito ainda maior me conformo em manter o plano:

— É o Hotel Majestic. Fica na Brigadeiro, não lembro o número.

— Google, arrombado. Procura no Google.

— Peraí.... Brigadeiro Luís Antônio, 2800. Pronto? Satisfeito?

— Satisfeito eu vou ficar quando estiver com o dinheiro no bolso.

Peguei o celular, digitei o endereço no Waze e entreguei o telefone pro Soneca. Eu já tinha entrado na merda fundo demais para conseguir respirar.

3

As luzes dos postes da Avenida Paulista passam rápidas e embaçadas. No banco de trás ouço sem atenção a conversa e só consigo pensar como ainda me envolvo em tanta merda. Um motoboy buzina com raiva bem perto de nós e para no farol. Gordão pede para Soneca encostar bem do lado esquerdo do entregador de comida. Ele, que sai da figura calma para a agressiva em frações de segundo, levanta a sua Sig Sauer chique e grita:

— Vai ficar pagando de buzininha, arrombado?

O motoboy acelera no farol fechado e quase bate em um carro que cruzava a via. Na minha frente, Gordão ri um riso frouxo. Uma risada de quem não está nem aí de atirar em um motoqueiro só porque não gostou da buzina. Ele tem esse olhar desde moleque.

Lembro dele, sempre de canto, e com esse olho arregalado, tenso, pronto para a ação. A gente se conheceu na 5ª série. Ele não era popular, não jogava futebol bem, não tinha jeito com as meninas. Era um garoto desengonçado e desacostumado com o próprio corpo. A gente se falava pouco até o 1º ano do Ensino Médio, quando fomos parar na mesma turma. Saímos do Comandante Gastão Moutinho, uma escola municipal no meio do conjunto dos Bancários para o Professor Paul Hugon, uma escola estadual, e maior, também no meio dos prédios beges do Bancários.

E foi ali, na primeira semana de aula do ginásio, que o Gordão virou quem é. Quando chegamos ao novo colégio era como se estivéssemos entrando no território inimigo durante a guerra. Tudo era motivo de briga, de discussão, de empurra-empurra. Era uma espécie de teste para os novatos. Nos primeiros dias não podíamos jogar futebol, vôlei, nada. Ir ao banheiro sozinho era arriscado, tudo era perigoso. Na primeira quarta ou quinta-feira, os caras do 3º ano, os reis da escola, estavam jogando vôlei no pátio de baixo, rodeados das meninas, inclusive as que vieram junto com a gente, e a bola, depois de um lance qualquer, veio parar sem animação nos pés do Gordão. Ele pisou nela e ficou imóvel. Um repetente do 3º gritou pedindo a bola e ele não fez nada. O cara começou a xingar e vir na direção dele. Ele ali frio, estático, pronto e com aqueles olhos arregalados.

O cara foi se aproximando e ficando imenso. Lembro do Jairo, que já era amigo do Gordão, falar ao meu lado bem baixinho:

— Tamo fodido.

Quando o cara fez menção a empurrar o Gordão. Ele abandonou a bola, deu um passo para trás, inclinou um pouco as costas, fez um giro da direita para a esquerda e trouxe o braço lá de trás com a mão fechada. O soco veio forte, seco. Apenas um miserável golpe e o cara caiu aos seus pés, como se não fosse nada. Ele encarou todo mundo que estava jogando na quadra de vôlei. Uma meia dúzia de outros alunos mais velhos vieram para cima da gente. Lembro de ver ele tomar um chute na trairagem e depois bater com a cabeça de alguém na parede. Depois disso só me lembro de correr, porque a briga envolveu a escola toda. Quem tivesse chegado agora que tratasse de se defender.

A diretora chamou ele no dia seguinte pelo sistema de som, que toda a escola podia ouvir:

Henrique Correia da Silva, venha à direção imediatamente.

Ele saiu da sala de cabeça erguida, ciente de que não seria mais invisível pela escola, pelas meninas, pela vida. Ali o Gordão virou quem é. Ali ele ganhou o mundo. Antes de sair, ele olhou na minha direção e na do Jairo e piscou. Na sequência, com os olhos arregalados, deu seu riso débil e sumiu no corredor.

Naquele dia ele quase foi expulso da escola, mas a diretora descobriu que ele tinha perdido o pai, que foi assassinado num presídio do interior do estado fazia menos de duas semanas, e ficou com pena.

O pai do Gordão era uma lenda. O bairro todo chamava ele de Lambari. Nunca soube o motivo do apelido, mas talvez fosse pelos olhos arregalados que o filho herdou, o Lambarizinho. Lambari era do corre, conhecido pelo seu senso de justiça. Nunca esculachou morador, nunca.

Depois que o finado Lambari fez a passagem, a mãe do Gordão, que era a primeira dama da quebrada, foi trabalhar de babá para uns bacanas lá em Pinheiros. Ela trabalha disso até hoje. Outro dia, não faz muito tempo, eu a vi, entre outras mulheres negras vestidas de branco, cuidar de crianças muito brancas filhas de pais muito brancos que nem ali estavam. Eu ia dar oi, mas ela desviou o olhar. O Gordão passou a ser chamado de Correia, depois virou Korreia, depois Korreria e por fim se tornou o HK.

Chegamos e insisto para estacionarmos na rua. O argumento oficial era o de que assim não pagaríamos os 25 reais no hotel, mas o motivo real era que eu não queria aquele carro velho no meio dos carrões dos figuras do partido. Soneca não negocia:

— Você vai pagar essa porra, sim. Meu padrasto não tem seguro dessa merda.

Mesmo tendo a certeza de que ninguém roubaria aquele ferro velho ambulante, não discuto.

O *valet*, que tinha acabado de estacionar um Porsche Panamera 2018 preto, olha para o Santana branco e pergunta:

— Os senhores estão no lugar certo?

Gordão — que colocou uma calça da Cyclone, porque era uma festa elegante — está esparramado no banco do passageiro. Ele olha bem no meio da bolinha do olho do trabalhador e fala baixo:

— Algum problema? Não entendi, irmão. O carro te incomoda? O preço é diferente?

— Não senhor. Não foi isso que eu disse.

— Foi exatamente isso que você disse.

Ele desce do carro e já penso no pior. Ele vai puxar essa merda dessa arma e matar o cara aqui na frente de todo mundo. Tô fodido.

Ele puxa uma nota de 50 reais e coloca no bolso da camisa branca encardida do manobrista. Dá um tapinha no seu ombro e completa:

— Bom trabalho, guerreiro. Trampar no domingão é embaçado.

O *hall* do hotel está apinhado de gente. Jornalistas, fotógrafos, políticos, quadros importantes do partido e muitos assistentes de porra nenhuma desfilam as suas roupas vermelhas. A cerveja de garrafa verdinha custa 15 reais no bar cheio de fila. Gordão está ansioso. Ele corre de um lado para o outro olhando pro celular. De repente sai às pressas até a rua. Olho para o Soneca e ele explica que a encomenda chegou.

Ainda me espanto com a minha falta de noção para perceber situações óbvias. Eu tava tão preocupado com a arma do Gordão (que ele mocou no porta-malas do Santana) que até esqueci que estava rolando uma negociação.

Com roupa de motoqueiro, mochila de entregar pizza e capacete rosa, Meu chega com a tranquilidade de quem não carrega cocaína na mochila. Ele abre o zíper, pega uma embalagem de lanche e entrega para o chefe. Com um aceno discreto ele agradece para não dar pala. Antes do moleque vazar, ele completa bem baixo:

— Pode fechar a lojinha hoje. Vai pra casa, fuma um, toma uma breja e relaxa com a sua preta.

O entregador, que não tira o capacete, concorda. Ele monta de novo na CG 150 e acelera na subida.

Gordão entra com o pacote numa embalagem do McDonald's e anda até mim.

— Cadê aquele cuzão do seu amigo?

Dois policiais entram no *hall* do hotel fardados. Eles fitam o Gordão, o Soneca e consequentemente a mim, dos pés à cabeça. A carpa, o palhaço, os personagens do Looney Tunes e a calça da Cyclone jogam contra a gente.

Um dos policiais vem na nossa direção a passos vagarosos como se estivesse farejando um enquadro. Só consigo pensar na destruição completa da minha vida ao ser preso com meio quilo de cocaína. Quando ele chega a cinco passos de nós olha para a esquerda, abraça um senhor gordo, baixinho e de cabeça branca:

— Parabéns, Fonseca. Parabéns!

Gordão me acelera. Ele sabe que aquele pacote é muito mais perigoso na mão dele do que na mão do Leozinho.

— Liga aí pro comédia.

O telefone chama uma, duas, três, quatro vezes e cai na caixa postal. Tento de novo e, ao olhar para cima, vejo o Leozinho desligando o celular e colocando no bolso.

— Aquele cuzão tá ali em cima na área *vip*. Ele desligou na minha cara duas vezes.

Gordão toma a dianteira e vai a caminho da diretoria da festa.

Um segurança corpulento, de quase 2 metros de altura, em um terno emprestado de alguém menor que ele, bota a mão no peito do cara com meio quilo de cocaína:

— Onde você vai, rapaz? Entrega não é aqui, é em outra portaria.

— Eu preciso falar com aquele playboyzinho de camisa azul ali.

— Qual deles, irmão? Aqui só tem playboy de camisa azul.

— Aquele com o cabelo de ladinho, calça apertada. O baixinho ali.

— Rapaz, assim você me complica. Não posso deixar você passar, ainda mais com esse pacote aí. O que tem aí dentro?

— Um lanche, caralho. Agora me deixa passar.

— Revista ele, Jorge.

Outro brutamontes se aproxima com as mãos da cintura do Gordão, que não é mais gordo. Alguns degraus abaixo o Soneca e eu esperamos sem saber o que fazer. Quer dizer, eu me cagando nas calças e o Soneca preparado para qualquer coisa.

Ele sempre foi leal. Se fosse preciso sair na porrada ali com os seguranças e com toda a festa ele iria fazer isso.

Quando o segurança ia botar a mão no Gordão, uma voz ao fundo dá um berro desafinado.

— Calma aí, gente. Eles são meus convidados.

O segurança recua, estranhando a cena.

— Pode liberar os três.

— Pois não, Seu Leonardo.

Leozinho cumprimenta os meus amigos de infância e me dá um longo abraço. O bafo de cerveja invade minhas narinas misturado ao cheiro de cigarro, suor e urna eletrônica. Ele sussurra.

— Você salvou a festa.

Champanhe rola a rodo, comida também, mas é *finger food* e aqueles negócios que misturam coisa doce com salgada. Leozinho abraça o Gordão e seguem juntos para um lugar mais reservado. O candidato meio de esquerda que foi para o segundo turno e pode se tornar o próximo presidente do país está sentado, relaxado num grande sofá de veludo vermelho.

Antes de entrar na sala de reunião, Gordão para um segundo, pega uma taça de Moet & Chandon Impérial Brut e se dirige ao político paparicado pelos aspones da sala *vip*.

Leozinho tenta evitar o encontro, mas Gordão, ainda com o pacote do McDonald's com meio quilo de cocaína, é imparável. Ele levanta a sua taça e acena introvertido. O candidato feliz da vida retribuiu o aceno:

— Parabéns, mano. Tomara que você cumpra as paradas que prometeu aí na TV pra nós.

— Vamos fazer isso juntos, companheiro.

Gordão ficou na salinha por mais de meia hora. Não sei se vocês já pararam para contar 15 mil reais... demora mesmo. E ele fez questão de conferir nota por nota e embrulhar de novo os três pacotes de 5 mil reais e o pacote menor com 2.500.

Ele saiu com uma taça de champanhe cheia. Eu e Soneca estávamos ali de canto, sem ninguém, a não ser o segurança, nos notar. Bebemos o champanhe caro do partido popular num lugar em que o povo não tinha acesso. Eu estava de olho numa assessora de um deputado estadual que era bem gata, crente que ela estava retribuindo, e o Soneca me deu um cutucão e com o queixo apontou para a salinha.

Antes mesmo do Gordão voltar a falar com a gente, os playboyzinhos de camisa azul Faria Lima iam discretamente, entre muitas aspas, para a salinha do pó. Um cara grandão e magrelo dos cabelos meio ruivos nem conseguiu esperar entrar na sala para separar o cartão de crédito e a nota de 20 reais. Soneca começa a rir da cena e fala para mim:

— Será que a gente desce lá e avisa o jornalista da Globo que os caras estão com meio quilinho na salinha?

— Já tem menos do que isso, mano. Ó como os caras estão assanhados na sala.

— Assanhado, mano? Quem usa essa palavra, caralho? Você é muito estranho, só por Deus.

Um bando de playboy, meio de esquerda, comemora tomando espumante rodeado de um monte de playboy meio de esquerda como eles. Para muitos era uma honra saborear aquela tacinha fina de champanhe ao lado do possível futuro presidente do Brasil. Eu achava tudo aquilo bem bizarro.

Gordão, na quarta taça, já nem odiava tanto o queijo brie com damasco e geleia de pimenta. Comia um petisco atrás do outro. Ele tinha fome, sede e mais de 15 mil reais numa bolsa esportiva que descolou com os novos amigos. Era Natal e estava nevando no dia 7 de outubro.

4

— Ah, cara. Tô cansado de fazer política pra essa gente e eles não se ligarem. A gente posta no Insta, no Face, no Twitter, faz ações, mostra que estamos do lado deles e eles não querem enxergar. Preferem os tucanos e esses golpistas mesmo.

O discurso vem de uma roda de cinco ou seis pessoas bem nascidas e certas dos seus argumentos.

Sorrateiro, Gordão se aproxima com um careta na mão esquerda e estende um cigarro barato para o falador:

— Tem fogo aí, irmão?

O cientista político nem olha para o lado e faz um sinal para que a pessoa se afaste.

Gordão estende o pedido buscando uma formalidade incompatível ao que ele é:

— Algum de vocês, por acaso, teria um isqueiro para me emprestar?

Uma mina de cabelos curtos, vestido vermelho aberto nas costas, seios pequenos e sem sutiã estende a mão sem dar muita atenção para o novo integrante.

O falador privilegiado finaliza o monólogo incomodado com a presença do novo integrante da roda.

— É isso, gente.

Gordão, buscando as melhores palavras, tenta manter o papo:

— Com licença, eu queria escutar você um pouco mais. Pode continuar?

O falador morde a isca.

— Qual o seu nome, amigo?

— Henrique.

— Então, Henrique. Estamos aqui pensando na estratégia que vamos adotar nas periferias para o segundo turno.

— Entendi.

— E o que tão pensando em fazer?

Antes de responder, o falador repara na calça da Cyclone de veludo e percebe que está quase entrando numa armadilha.

— Estamos pensando em fazer um corpo a corpo em algumas comunidades e reforçar uma linguagem mais popular nas redes sociais, mas não posso dar muitos detalhes, porque é um trabalho da coordenação da campanha traçar isso.

— E vocês são dessa coordenação?

— Somos sim, mas tem mais gente.

— E vocês que são os responsáveis por ter votos nas quebradas?

Ele se cala, algo bem comum nos playboys quando detectam o perigo ou a presença de um dos nossos no local.

Gordão aproveita o silêncio e deita a fala para cima dele:

— Então, meu querido. Você tá bostejando pela boca. Sabe por que a quebrada vota em outros candidatos? Porque você e seu povinho aqui de faculdade cara não pisa em favela. Esse papinho frouxo que você tá aí pode até te render uma buceta ou uma mamada, porque usa um monte de palavra difícil, mas você só falou merda, irmão.

Uma mina loira, alta, que depois descobri que é filha de um diretor de cinema famoso, se emputece:

— Você não pode chegar nos lugares falando assim. Tem que ter mais educação...

— Eu tenho educação e, o que eu não tinha, aprendi na cadeia. Só achei deselegante a forma equivocada que vocês falaram sobre mim. Vocês não foram na minha quebrada antes da eleição. Sabem quem colou? Os tiozinhos de terno e bíblia na mão. Toda hora tem um pastor batendo lá.

Ela então pergunta:

— E quem é você?

— Sou o cara que trouxe o pó que você tá cheirando.

Um silêncio constrangedor toma conta do ambiente. Gordão, satisfeito, termina o seu cigarro, joga no meio da roda, apaga e vira as costas. Ele faz um sinal para mim e para o Jairo, que assistimos de camarote a cena, e descemos as escadas rumo à saída.

Do lado de fora, o *valet* sorri de orelha a orelha e até dá uma limpada na parte de dentro do carro do padrasto do Jairo. Antes de se esparramar no banco do passageiro, Gordão agradece apenas com um aceno.

Abri a janela no banco de trás, fechei os olhos. Deixei o vento entrar na subida da Brigadeiro Luís Antônio em sentido à Paulista e fiquei aliviado depois de tudo o que passamos. No fim deu tudo certo.

Na minha frente, o Gordão conta as notas de 100. Separa 10 e joga no meu colo.

— Que porra é essa?

— Sua comissão.

— Não quero essa grana não, caralho. Tenho trampo, não preciso disso.

— Foda-se o que você vai fazer com isso. Pode jogar pela janela, comer, pode até enfiar no cu, mas eu não pego mais nesse dinheiro.

Ele separa mais 10 notas, talvez 15, dobra e coloca no bolso da calça do Jairo que continua a sua vida sem esboçar emoção.

Sem um pio, pegamos a Paulista no sentido Consolação. Nada é dito. Gordão tenta ligar o som na 105, mas as antenas não deixam o radinho velho do carro do Seu Zé funcionar. Ele resmunga por alguns minutos, mas o silêncio vence.

No finalzinho da Paulista, naquele rolê que você ou desce o túnel ou entra à direita na Consolação, o Jairo diz:

— Te deixo em casa.

Aceito o agrado em silêncio.

Eles param na porta de casa, desço aliviado, feliz, meio bêbado e cansado. Gordão se lembra de ligar o rádio de novo na 105 e eles somem no horizonte.

entreturnos

5

São Paulo, 15 de outubro de 2018

Mataram o Mané. O velório é hoje a partir das 18h no Cachoeirinha. Quem me contou foi o Soneca.

— Mano, foda-se o trampo. Tô ligando por educação e porque a mãe dele pediu. Sua cabeça é seu guia.

Mané cresceu comigo, uns dois, três anos mais velho. Sangue bom. O nome dele é Roberto, Ricardo, alguma coisa com R, mas virou Mané de tanto que ele chamava os outros assim. Naquele negócio do feitiço virar contra o feiticeiro, o Mané virou ele mesmo.

Ele faz uns bicos de segurança, quer dizer, fazia. Era um cara grandalhão, pique 1,90m. Um tanto desengonçado, mas o tamanho espantava. Soube recentemente que ele tinha casado. Tem filho pequeno, a mina dele é massa. Não é da quebrada, não. Faz um rolê de moda, uma parada assim. Ele nem mora mais lá no Modelo, se mudou tem uma cotinha já.

Soneca desligou sem dar tchau, mas não sem antes demonstrar que a minha preocupação com o meu trampo era irrelevante naquele momento.

Mas que merda. Chegar ao Terminal Cachoeirinha é difícil pra caralho. Vou ter que pegar o 117Y, subir a Teodoro, pegar a Sumaré todinha, dar duas voltas na Barra Funda, porque é um itinerário bizarro, e descer na Inajar de Souza depois de um tempão.

O Mané não é um amigo assim tão bom, mas era hora de voltar.

Fazia tempo que eu não via o Mané. Ele era um dos poucos ali que dava para trocar ideia de outras coisas, falar de música, de cinema, mas eu deixei escapar essa amizade, como deixei quase todas. Quando éramos moleques a gente colava juntos no Cinemark do Shopping D para assistir filme nacional a um real. Vimos juntos *Cidade de Deus*. Ele topava ir comigo da ponte para lá para ver um show, uma peça. O Mané era um amigo assim tão bom, eu que não sou.

Vou direto do trampo e, ao chegar na parte de velório do Cemitério da Vila Nova Cachoeirinha, nem preciso perguntar onde era a cerimônia. O Parque Modelo estava todo lá. Os velhos do bar do Purinho, as tias fofoqueiras, a molecada — que já não era mais molecada — do bairro, uns três ou quatro com problemas na Justiça e a família toda do Mané, um povo branco feito leite e meio rosado que ficava vermelho com o sol, quando ria, quando ficava bravo e quando chorava.

A mãe dele, uma senhora pequena, mas de grande presença, chora ao lado do caixão um choro sentido, mas resignado. O pai, do lado de fora, fumando um cigarro de filtro vermelho, parecia não ter percebido que o seu mais velho estava ali num paletó de madeira. Ele ri com os parentes, abraça um ou outro, mas parece bem. Que doideira.

Alguém vem atrás de mim e fala com a discrição de um elefante numa loja de cristais:

— Que porra de roupa é essa, caralho?

— Que susto, Gordão. Eu vim direto do trampo. Não deu tempo de passar em casa.

— Caralho, mano. Tem coqueiro e mar na sua camisa. Você trabalha de quê?

Ele tinha razão. Puta que pariu. Eu estou com uma camisa havaiana num velório. Pareço estar comemorando a morte do cara.

O Jairo me vê de longe e já chega me aloprando:

— Tava na praia?

Quando dou por mim, tem um grupo de oito caras do bairro tirando sarro da minha camisa, da minha calça, da minha meia, da minha barba comprida.

O pai do finado me vê e vem na minha direção. Sem a risada e o cigarro me abraça:

— Que bom que você veio. Ele falava bastante de você.

Fiz um breve aceno com a cabeça e tentei me aproximar do caixão. Um número grande de gente se acotovelava no ritual: cumprimentar a mãe, pegar na mão do morto e sair. Não consegui, e recuei. A real é que tenho muita dificuldade em velórios. Tenho aflição de encostar na pele fria do defunto, tenho medo da pessoa soltar aqueles gases, reparo no algodão, na maquiagem e perco a concentração do que tenho que fazer.

Além disso, nunca sei o que fazer e sempre fico pensando no que as pessoas farão quando eu estiver ali pálido, maquiado, cheio de flores e algodão no nariz, na boca e na orelha. Será que colocam algodão no nosso cu também? Quem vai estar? Quem vai chorar por mim? Vai sair nota no jornal? Como vão me descrever?

Não sei dizer se nasci com esse mal-estar de velórios ou se rolou quando eu era pequeno, mas lembro de uma vez, na real nem sei o porquê, a minha mãe me levou a uma casa espaçosa, mas simples, lá pros lados do Horto Florestal. Vi um monte de senhoras de roupa preta com caras abatidas, um entra e sai de gente e, no meio da sala, deitada em um colchão de solteiro, uma garotinha sendo velada. Eu tinha uns 11 anos, a menina, uns 6. Ela parecia estar dormindo, mas tinha morrido depois de se engasgar com um pedaço de frango. Lembro que não consegui dormir direito naquela noite, que sonhei com a menina, com a cena, e fiquei semanas impressionado com aquele velório. Depois disso, é sempre assim. Entro na sala para velar alguém e lembro da menina, lembro do cheiro daquele dia, uma mistura de lírios e velas, e penso como será quando eu estiver ali.

Tento entrar na fila mais uma vez para o último abraço, mas não consigo. O cheiro das flores, das velas, do leite de rosas das tias do Mané – tudo me dá vontade de vomitar, de sair o quanto antes dali. Volto para a entrada para pegar um fôlego com a imagem da menininha no colchão de solteiro.

Sinto as mãos suadas, o coração palpitando forte, as pernas fracas. Desisto.

De repente uma mulher alta, magra, de cabelos bem pretos que combinavam com o longo vestido sai da salinha apertada em direção ao estacionamento. Ela não pertence àquele lugar, é uma coadjuvante no espetáculo fúnebre, mas é a viúva: a mãe do filho do Mané.

Eu observo a cena à distância. Ela tira um maço de Marlboro Light da pequena bolsa marrom escura da Louis Vuitton e fica revirando tudo à procura de um isqueiro, sem sucesso. Ela está destruída, acabada, mas tem a pele sem manchas.

Corri na roda dos moleques do bairro:

— Gordão, me empresta o isqueiro, rapidão?

Ele entregou o Bic branco sem pensar muito e alguém, acho que foi o Lagarto, meio perplexo, falou:

— Ele chamou o HK de quê? De Gordão?

Senti a fúria na minha nuca há uns cinco metros de distância. Não foi alto, afinal era um velório, mas foi firme:

— Vai tomar no cu, arrombado.

Ela ainda procura um isqueiro, uma ajuda, um alento, uma resposta. Não encontra.

Sem falar nada, estico o Bic branco.

— Obrigada.

Aceno com a cabeça em silêncio. Não sei o que dizer. Só quero estar ali, porque sinto que, de alguma forma, posso ajudar.

Depois do segundo longo trago ela finalmente olha para mim e pergunta:

— Você não é daqui, né?

E antes da minha resposta, emenda:

— De onde conhecia o Rodrigo?

Caralho, ele se chamava Rodrigo.

— Ele morava perto de casa. Mas, pra ser sincero, eu não conhecia o Rodrigo, conhecia o Mané.

— Pois é, acho que esse é o velório do Mané. Não sei se é um privilégio ter conhecido esse personagem dele ou se fui enganada por todos esses anos. Você sabe alguma coisa sobre como ele morreu?

— Não sei de nada.

— Pois é, eu também não. Mas tenho certeza de que as pessoas serão mais honestas e transparentes com você.

— Se eu souber de algo, te falo.

Ela joga a bituca no chão e 10 segundos depois pega mais um, o último do maço.

— Você trabalhou na Abril?

— Trabalhei em alguns lugares lá, sim. Por quê?

— Acho que lembro de você de lá. Trabalhei na Glamour e na Elle.

— Então devemos ter amigos em comum.

Ela responde buscando na memória alguma lembrança.

— Talvez.

— Como é seu nome mesmo?

— Julia. Olha, preciso voltar para o meu canto. Apesar de tudo, foi um prazer conhecê-lo.

Ela termina o segundo cigarro, arremessa a bituca ao lado do Santana branco do padrasto do Soneca e volta para a salinha.

Antes de partir ela se vira:

— Me procura se souber de algo.

Volto para a roda em que estava e agora sou motivo de zoação pela minha roupa e por, supostamente, dar em cima da viúva, que, aliás, ficou com o isqueiro. Até tentei explicar que não estava xavecando ninguém, mas uma hora desisti.

6

Uma prima do Mané rouba a cena. Espalhafatosa, num vestido decotado, entra berrando na sala. Veio do interior, acho que mora em Itaquaquecetuba, Indaiatuba, algum lugar assim. Chora um choro desesperado, ruidoso e isso alimenta outros choros barulhentos. Em instantes a pequena sala vira um hospício de gritos e lamúrias. A mãe solta a voz, as tias, a avó materna, até o pai, que parecia distante, se debruça no caixão. Resignada, e aparentemente com raiva, a viúva seca as lágrimas e observa o espetáculo.

— Essa ruiva que entrou aí é a Kátia? Aquela prima do Mané?

Soneca diz que sim.

— Ela que tirou o cabaço dele, né?

Soneca começa a rir.

— Não só o dele. A Kátia é daora.

Ela sabia que estava sendo observada e caprichou na atuação. Ela estava ainda mais gostosa do que a última vez que a vi, muitos anos atrás, colocou silicone nos peitos, fez alguma coisa na cara. Casou com um cirurgião plástico, mas dizem que o cara tem umas fazendas também. Era um ricão anônimo que ostenta a esposa como um troféu.

Depois do show ela vem em nossa direção e cumprimenta todo mundo:

— Oi, meninos.

Me abraça e me puxa para o lado de fora do velório.

Enquanto saio só consigo ouvir uma frase:

— Talarico de velório do caralho.

Ela enlaça os braços entre os meus, deixa um cheiro doce no ar e me olha com uns olhões verdes. Quieto, reparo que ela está sem sutiã, mas tento manter a minha visão do queixo para cima.

— Você sabe quem fez isso com ele?

— Não faço ideia, Kátia. E ninguém me contou nada.

O interesse dela parece ter acabado aí. Ela sabia que se eu soubesse não esconderia, que sou o mais fofoqueiro de todos ali, por isso me selecionou. E com segundas ou terceiras intenções eu falei antes de voltarmos.

— Mas me passa seu contato que se eu souber de algo te conto.

Ela sorri.

— Anota meu zap.

Anoto, mando um oi e volto para o meio dos amigos do Mané.

O Gordão encosta e fala baixinho:

— Você vai xavecar toda mina que o Mané comeu no velório dele? Dá pra ter mais respeito?

— Eu não xavequei ninguém, maluco.

Já é quase meia-noite. Aos poucos, os mais velhos vão indo embora, depois a molecada. A real é que ainda rolam arrastões em velórios e todo mundo sabe que de madrugada até o defunto corre risco. Fico só eu, o HK e o Jairo, que oferece carona.

— Não precisa, mano. Cês tão perto de casa aqui, de boa. Eu me viro.

— Tem certeza?

— Tenho sim, vai na fé.

Só não falo da mensagem que recebi 12 minutos antes no WhatsApp:

Kátia Mané: Se você quiser eu te deixo em casa.

Respondi 2 minutos depois apenas com um "Aceito" e um joia de *emoji*.

7

Quando já não podia mais ser chamado de talarico por ninguém, entrei no carro da Kátia e fui guiando ela das ruas da Zona Norte até a minha casa. O rádio sintonizado na Nativa FM chora lamúrias sertanejas. Passamos, ao som de Zezé di Camargo & Luciano, pelo portão do cemitério. Entramos à esquerda na Avenida João Marcelino Branco. De um lado, o muro do Cachoeirinha impondo a saudade dos que se foram, do outro, casas simples de quem se acostumou com a rotina do adeus e um risca-faca serve de palco para o rala-coxa de dois ou três casais e alguns homens solitários.

Entramos na Avenida Deputado Emilio Carlos em total silêncio. Eu me perdia nas lembranças com o Mané, em como ele ficou pálido naquele terno apertado e em como somos vulneráveis. Fiquei lembrando também da maquiagem que deu conta da marca de bala acima do olho esquerdo. A família pediu para que o caixão não fosse lacrado, mesmo com aquela inconveniente ferida no rosto.

Sem rodeios, Kátia vai direto ao ponto:

— Eu tô sozinha na cidade e fico até o enterro amanhã. Posso ficar na sua casa? Vai me fazer bem olhar para um rosto conhecido, mesmo sendo essa sua cara cheia de pelo.

— Tudo bem. Imbica o carro aí na garagem que vou acenar para o Raimundo deixar você entrar.

— Tem vaga pro meu carro?

— Tem sim, eu não tenho carro e não tô alugando a vaga, tá sussa.

— Você é estranho, por que não tem carro?

— Acho irresponsável ter mais um carro nessa cidade já lotada e moro perto do trabalho, vou de ônibus, vou de Uber, táxi e tô ensaiando para ir de bike.

— Você é todo diferentão, né?

Ouvir essa frase é brochante, porque demonstra que você e quem diz isso estão há milhões de anos-luz de distância.

Ela subiu no apartamento pequeno deixando um perfume doce e pegajoso misturado ao aroma de Gudang de canela. Ela repara na cama desarrumada, nos discos da estante, nos livros amontoados na mesa do jantar, no sofá verde musgo com manchas e no meu desconforto. Ela notou a bagunça, mesmo depois de eu pedir, naquele velho hábito, para ela não reparar. Ficamos em silêncio por um tempo. Deve ter sido uns dois minutos, mas na minha cabeça durou umas 11 horas e meia.

Eu estava exausto e precisava tirar o cheiro de cemitério do meu corpo. Pedi licença, ofereci água, falei para ela ficar à vontade e segui o rumo do banheiro. Uma cagada rápida e um banho era tudo o que eu precisava antes de saber o que ia rolar.

Entro no chuveiro sem pressa c na esperança de retardar qualquer interação. Não sei muito bem o que fazer depois do banho. Saio já pelado passando a piroca nela, coloco o pijama, me visto com uma roupa de sair? Chamo ela para jantar, peço uma pizza?

Enquanto não decido, deixo a água cair e faço o ritual com muito mais precisão do que o normal. Lavo os cabelos e a barba com o xampu anticaspa, penteio a barba paulatinamente, mas não o cabelo, para ele não secar sem os cachos. Passo condicionador em ambos e de novo penteio a barba em marcha lenta, como se fosse resolver cada problema da minha vida em cada nó desfeito do rosto. Depois do condicionador escovo os dentes e em seguida vou passando o sabonete dos ombros para baixo. Faço bolas de sabão ao passar com a mão cheia de sabonete bem no meio do tórax e por alguns instantes até me distraio com essa minha habilidade secreta. Por míseros segundos consigo não pensar que tem uma mulher absurdamente gostosa sentada no meu sofá cheio de manchas e pequenos pontos queimados.

Termino o banho sem respostas e sem ideia do que vai acontecer na sequência. Penso na Kátia quando éramos adolescentes e sinto o meu pau se animar. Com muita força de vontade evito uma banheta precipitada. Espero o volume embaixo da toalha diminuir um pouco antes de abrir a porta. Ela me olha com um sorriso largo, que recebo um tanto desconcertado. Fico em silêncio, de toalha, parado e me sentindo visita na minha própria casa.

Ela interrompe a quietude com um gesto brusco. De dentro da sua bolsa grande ela tira uma garrafa de vinho italiano. Kátia não estava para brincadeira mesmo a gente tendo saído de um velório. Pego duas taças que nunca viram um vinho tão bom e nos sirvo.

Ela, como sempre fez, assumiu as rédeas. Ligou a caixinha de som, conectou no Bluetooth e, sem dó, deu o play em "Telegrama", do Exalta.

"Ah, que saudade de você
Estou a te esperar
A dor ainda está no meu peito
Ah, nas ruas meu olhar
Fica a te procurar
A dor ainda está no meu peito..."

Ela olhou para mim e riu:

— Eu sei que você não gosta.

— Que mentira. Claro que gosto. Tem uma playlist aqui no Spotify só com essas coisas. Não sei o porquê, mas sempre ouço de domingo.

— Cê tá de brincadeira. Você era todo roqueiro, até pintava a unha de preto. Falava que odiava pagode. Era mó queimação de filme.

— Eu era um idiota, Kátia.

Maliciosamente, "Inaraí" começa a tocar.

"Seu corpo é o mar por onde quero navegar
(E no meu colo te ninar)
Sua boca tem um beijo tão gostoso de provar
(Cada vez mais quero beijar)
No seu cabelo um cheiro bom que fica pelo ar
Tão doce é o perfume de você, Inara..."

Kátia se aproxima de mim e repousa os braços no meu ombro. O gosto de Gudang com Trident de menta invade a minha boca. Demorei uns quatro ou cinco segundos para reagir, mas antes que ela reclamasse desfilei as minhas mãos pelo decote das costas. Eu não sou mais um garoto virgem e terei essa noite para provar para a Kátia que o meu desempenho melhorou.

Com rapidez, ela deu um passo para trás, soltou as alças do vestido, que escorreu pelo seu corpo bonito, desceu a calcinha preta e ficou nua com sua pimenta tatuada na virilha.

Na sequência, soltou a toalha amarrada na minha cintura. Ela sentou no sofá com as pernas abertas. Me ajoelhei diante dela e me encaixei entre as suas coxas. Eu sei que ela gosta. Ela sabe que eu sei que ela gosta. Me esforcei como se fosse a primeira vez até que ela empurrasse a minha cabeça delicadamente para eu parar. Eu fico em pé na sua frente, o pau duro como sei lá o quê, e ela começa a me chupar.

Trepamos em cima da mesa. Ela na cadeira. Passamos em mais de um cômodo da casa. Empinei a sua bunda em pé, a sua cara na estante num estilo selvagem. Gozei. Gozamos.

Deitados na cama, ainda extasiados e suados, abro a gaveta da mesa de cabeceira e ofereço um fino para ela, o meu último.

— Nossa, faz muito tempo que não faço isso.

— O quê? Transar?

— Não, idiota. Fumar maconha.

Ela pega o baseado e o marca com o seu batom que insistia em permanecer na sua boca mesmo depois de tudo o que rolou.

A brisa bateu legal e ficamos ali viajando por um tempo. Matamos a garrafa de vinho e a maconha lembrando da infância, falando do Mané e ficamos vários momentos em silêncio. Num desses hiatos de conversa, Kátia, dotada de uma sinceridade avassaladora, dispara:

— Você é um fodido em bairro de rico.

— Oi?

Não tinha entendido direito aquela frase, dita assim do nada.

— Você é um fodido em bairro chique. Pelo que falavam eu achei que você tivesse vencido na vida. Tivesse uma casa legal, um carro maneiro, uma vida foda pra caralho, mas você tá vivendo num apartamentozinho pequeno e todo velho igual era a sua casa lá na Pataji. Que merda.

Que socão na minha cara.

— Não sei nem o que te dizer, Kátia. As pessoas falam o que elas querem falar e acreditam no que querem acreditar.

— Mas é uma merda isso.

— O que é uma merda, Kátia?

— É uma merda, porque um monte de gente acha que você se deu bem e te usa como exemplo. O Mané sempre falava que era seu amigo quando alguém vinha com algumas das matérias que você fez. Eles têm orgulho de você, mas eles não sabem que você é só mais um fodido.

Fico em silêncio e Kátia continua:

— Você é um fodido que ainda por cima é esquisito. Qual é a sua? Por que quer ser tão diferente do resto das pessoas?

— Sei lá, Kátia. Eu me sinto bem aqui dentro de casa rodeado dos livros e discos.

— Cara, não sei qual o seu problema. Não sei porque você quer ficar longe da quebrada.

— Caralho, você também não saiu de lá?

— Mas eu achei um velho rico que bancou o silicone, o carro que tá lá embaixo, a roupa que tô usando e até os chifres que ele leva.

— E esse era o seu objetivo de vida? Um velho otário?

— Não, não era. Mas eu encaro o que eu sou de peito aberto.

— Você me ouviu alguma vez falando que eu era o fodão que tinha vencido?

— Não, mas nunca desmentiu quando disseram isso.

— Puta que pariu, Kátia. Pra quê eu te trouxe pra casa? Ó, tem cerveja na geladeira e eu fiz ontem uma sopa de legumes que ainda tá boa. Pode se servir lá se você quiser.

Levantei com a desculpa de tomar outra ducha, mas só queria sair de perto dela. A transa foi impactante, mas essa enquadrada é o que vai ficar martelando na minha cabeça.

Eu sou um fodido mesmo, um qualquer que se acha melhor, porque mudou o CEP e agora tem porteiro. Que merda. Mas o que ela espera de mim? O que eles esperam de mim? Querem que eu continue lá morando na mesma quebrada, sem planos, sem perspectiva, sem ambição? Querem que eu trabalhe para o Gordão e me foda que nem o Soneca? Querem que eu seja o quê, porra?

8

Quando éramos moleques, a Kátia vinha passar as férias na casa do Mané. Ela era de Piracicaba, mas adorava a tia Marilene, a mãe do Mané, e a gente adorava a Kátia. A gente não saía de lá nas férias. Tudo era motivo. Ela tinha uns 14 anos, a gente, uns 12, e todo mundo era apaixonado por ela. Inocentes ainda, pagávamos 1 real por um beijo. Lembro de sair pela minha casa na caça de moedinhas para beijar a Kátia. Ela tinha o dom de fazer com que todo mundo se sentisse especial.

Ninguém brigava pela Kátia. Desde sempre deixou claro que não era de ninguém a não ser dela mesma e foda-se o que qualquer um fosse falar. Teve até uma mão em que colou um mano lá do Jardim Peri e veio com papo de que ela era mina dele, de que ele ia quebrar todo mundo que chegasse perto dela. Molecada ficou de cara, porque o mano era mais velho, tinha uns 16, 17 e fazia lista dos cabulosos que ele conhecia. Sou chegado do Bola, Tico, Zóio, só os pesos pesados.

Mas foi a Kátia que detonou o maluco. Deu um apavoro tão grande nele na frente de todo mundo que ele abaixou a cabeça e foi embora pianinho. Dizem que até chorou. Nunca mais ouvi falar desse mano, acho que o apelido dele era Marola, algo assim.

Eu era muito estranho quando tinha 15 anos. Os cabelos crespos tinham vida própria, o rosto era cheio de espinhas, a música que eu ouvia era esquisita, eu andava por aí com o skate caindo aos pedaços, usava correntes nas bermudas e eu não fazia o estilo surfista paulistano que era comum entre os adolescentes que nunca pegaram numa prancha. Eu era o oposto de alguém popular na escola, no bairro, na rua. Uma vez comecei a ficar com uma menina, mas ela pedia para eu não contar a ninguém. Quando falei para o Jairo e ele espalhou para a escola toda, ela terminou comigo. Porra, era Dia dos Namorados. Eu tinha comprado um *Thaty* do Boticário para ela e tomei um pé na bunda com o perfume na mão. Ela nem quis saber do presente. Galera ficou me chamando de *Thaty* por uns meses depois desse rolê.

A Kátia, com 17 anos, vivia o auge da sua popularidade no Parque Modelo. Ela exalava autoestima e os meninos que corriam atrás dela por uns beijinhos há alguns anos agora sabiam que o jogo era outro.

Eu nem pensava em transar com ela e nem com ninguém, não me sentia confortável com o meu corpo e nem com a ideia de tirar a roupa na frente de uma menina. A Kátia parecia não se importar com os traumas alheios. Um dia, nas férias de janeiro, ela chegou em mim e falou na lata:

— Ó, se você descolar 30 reais a gente vai no motel e eu tiro o seu cabaço.

— Que viagem. Eu não sou virgem não.

— Tá bom, transão. Então descola 30 reais que a gente trepa.

Ela sabia que eu era virgem. Eu sabia que eu era virgem. O bairro todo sabia que eu era virgem. Acho que era o único ali que não tinha transado ainda. Eu era o combo do fracasso e ela era a Madre Teresa da putaria.

Eu consegui juntar os 30 contos da Kátia. Pedi 10 reais emprestado para o Jairo, sacrifiquei os únicos 10 reais da minha carteira puída e sorrateiramente abri a bolsa da minha mãe e roubei os outros 10. Uma hora depois da nossa conversa, eu estava na casa do Mané. O relógio marcava quatro da tarde de uma sexta-feira. Entrei na casa simples, mas com cinco cômodos – sala, cozinha e três quartos – cheios de bibelôs e um número excessivo de objetos decorativos do Corinthians. Banho tomado, cabelo ainda molhado, perfume no pescoço e aquela energia confusa do adolescente prestes a perder a virgindade.

A Kátia apareceu deslumbrante. Uma sainha jeans, regatinha da Sexy Machine, uma sandália e um sutiã de bojo desses com a alça transparente de silicone. Cara, como ela estava gostosa. Desceu as escadas da casa, foi até a cozinha e falou que ia sair. A mãe do Mané, que é mega branca, estava vermelha por causa da quentura do fogão, veio até a sala aos gritos:

— Vai aonde e com quem?

— Vou no cinema com ele.

Apontou para mim, desajeitadamente parado no meio da sala.

— Ah, tá. Ele é um bom menino, vai lá minha filha.

O Mané ficou olhando para a minha cara com um misto de raiva por saber que eu não tinha ido ali por causa dele e de alegria por saber que tinha uma fofoca para contar. Me despedi e saímos.

Subimos a Rua John Nicholas Whyte, uma ladeira bem íngreme que até hoje é de paralelepípedo, pegamos a Rua Carioba e fomos até a Avenida Parada Pinto. Esperamos o busão em frente à Paróquia Santa Cruz por uns 20 minutos, pouco até. Eu já estava suado, ela ainda impecável e cheirosa, acho que era *Kriska*.

Pegamos o 117Y, que ia até Pinheiros, por volta das quatro e meia da tarde. Aquele trânsito chatinho ali perto do Largo do Japonês antes de chegar na Avenida Inajar de Souza. Motorista a milhão e a gente naquele banco atrás do banco alto ouvindo músicas baixadas ilegalmente e colocadas naqueles aparelhinhos de MP3 cinzas de camelô. Na minha playlist, que estava no *shuffle*, tinha Planet Hemp, Dead Fish, O Rappa, Chico Science & Nação Zumbi, Red Hot Chili Peppers e Rage Against the Machine. Ela odiou.

Tirou o seu MP3 rosa e ouvimos Pixote, "Só as melhores", por 45 minutos.

A real é que eu era tonto demais para admitir que gostava de Pixote, Exaltasamba, Katinguelê e outros ícones do pagode. E tampouco tinha coragem de colar na Polo North. Eu tinha que manter uma fama de malvado virgem.

Ali, embalado por "Brilho de Cristal", fui a caminho da minha primeira transa num motelzinho fuleiro pros lados da Barra Funda.

"É o brilho do seu olhar
Que me leva à loucura
Pode ser minha cura
Essa febre de amar
Faz o que quer de mim
Faz um bem faz um mal
Nosso amor será sempre assim
Um brilho de cristal..."

Acordei com a Kátia tentando sair da casa sem me acordar. Além do vinho, ela trouxe uma troca de roupa naquela bolsona chique.

— Pode voltar a dormir.

— Que isso, Kátia? Vou fazer um café pra gente, podemos comer em algum lugar também.

Levantei e tentei me aproximar:

— O que você tanto mexe nessa bolsa?

Kátia começa a chorar e se senta encostada na porta. Acho que ela demorou mais do que esperava para entender que o primo não estaria mais lá nos esperando para fofocar sobre a gente ter dormido juntos ou sobre qualquer outra coisa. O luto veio intenso como tudo o que ela faz. Bateu pesado e não deu chance de ela se recompor.

Eu fiquei ali parado, não soube o que dizer, apenas me sentei ao seu lado ainda pelado e a abracei como fizemos no busão a caminho da nossa primeira transa. Havia ali muita cumplicidade e poucas palavras. Senti por um instante que eu poderia ajudar alguém, apenas por um instante.

Cinco minutos depois, ainda destruída, mas ciente de que não podia se atrasar, ela se levantou, enxugou as lágrimas, respirou fundo e tomou coragem para ver o primo pela última vez.

— Tô atrasada. Você vem comigo?

— Não posso, hoje é o fechamento da revista. Tenho que correr pra redação.

— Você é um bosta mesmo.

9

Entrei embaixo do chuveiro só para tirar o cheiro de sexo, sem tempo para qualquer ritual. Parei diante do meu guarda-roupa para decidir o que usar e mudei de ideia. Botei uma roupa preta, mais adequada que minha camisa florida do velório, peguei uma maçã, chamei um Uber e corri para chegar a tempo.

O dia estava cinza. Tudo ali naquele 16 de outubro estava pálido no Cemitério Vila Nova Cachoeirinha. A família do Mané estava conformada e menos histérica, a viúva também parecia ter se resignado com a vida dupla do Rodrigo e com o filhinho de menos de dois anos no colo, vermelho como todos os parentes paternos. Ela estava tão sem cor quanto todo o resto.

Encontrei o Jairo e o Gordão e me instalei entre os dois, que me abraçaram. Kátia, do outro lado do caixão, me olhou e sorriu.

Alguém, acho que o Lagarto, abriu uma grande bandeira do Corinthians e apoiou sobre o caixão diante de um pequeno buxixo. O caixão desceu com um silêncio gelado. É foda ver pai e mãe enterrando filho, é foda ver criança crescer sem pai. É foda observar a vida real diante dos nossos olhos sem que a gente possa fazer nada. O Parque Modelo não é um lugar assim tão longe.

Os bem-te-vis cantam sem o menor respeito pelo luto dos familiares do Mané. Um carro desce a Avenida João Marcelino Branco ouvindo um arrocha, os restaurantes em frente ao cemitério mantêm a sua rotina esfomeada do meio-dia.

Depois de abraçar os pais do Mané, ouvi um burburinho sobre almoçar no Bar da Baixinha. Hoje é dia de bife à rolê e dobradinha e um bonde começou a se ajeitar para ir até lá. Eu até me animei com a ideia, mas tinha que fechar uma reportagem sobre o número de vagas do estacionamento do Shopping Higienópolis.

Mandei uma mensagem para o editor da revista sobre o enterro e ele me deixou entregar o texto no dia seguinte:

Antes de eu fazer menção de me juntar ao bonde do bife à rolê, a viúva do Mané me chamou estendendo a mão na minha direção:

— Oi! Ontem eu fiquei com seu isqueiro, tá aqui.

Agradeci em silêncio, mas ela logo quebrou o gelo:

— O Raul vai pra casa dos meus pais agora e eu queria bater um papo com você, saber mais do Mané.

— O pessoal tá combinando de almoçar no Bar da Baixinha, você será bem-vinda. É só…

— A gente não pode ir em outro lugar?

Concordei com a cabeça.

Saí de perto dela, de imediato a Kátia se aproximou.

— Você vai querer comer a mulher do Mané também?

— Kátia, já ligou pro seu véio brocha hoje?

Nós dois rimos um riso cúmplice, íntimo.

— Obrigado, Kátia. Obrigado por me trazer aqui. Foi importante mesmo. Eu gostava do Mané e nem me dava conta disso.

— Eu sei disso. Ele também gostava de você e via em você um pouco do que ele não teve.

Não tenho o que dizer. Só deixo as lágrimas virem uma a uma. Consegui chorar pelo Mané e por mim mesmo.

No estacionamento o Jairo interrompe as minhas lágrimas com a buzina do Santana.

— Quer carona pra Baixinha?

Me aproximo do carro, me debruço e falo que não posso. No banco do carona está o HK, que para mim será sempre Gordão, esparramado e no porta-luvas a sua arma cromada. Nada de novo.

Com o rasga peito no canto da boca, ele joga o corpo para frente e, entre uma tragada e a seguinte, desembucha:

— A gente soube o que rolou com o Mané. Te falaram?

— Só ouvi falar que ele mexeu com o que não devia, mas não sei o que foi.

O Jairo tentou desbaratinar as ideias, mas o Gordão queria assunto:

— O Mané fez um esquema de Raul. Ele começou a clonar uns cartões nuns postos de gasolina em Santana, na Braz Leme, na Casa Verde, no Limão, na Freguesia do Ó. Acho que começou quando o moleque dele tava pra nascer.

— Mas ele não tinha trampo, mano? Pra que se meteu nessa?

— Se meteu do mesmo jeito que você se meteu com os seus amiguinhos playboys no dia da eleição. Oportunidade. Ele tava desesperado, precisando de grana pro parto, pro enxoval. Até tentou entrar no nosso rolê, mas a gente sabia que era demais pra ele.

— Que fita, mano. Mas como de clonador de cartão ele virou finado?

— Ele tava fazendo a boa direto. Pegaram uma pá de cartão sem limite e o dinheiro veio. Ele mobiliou a casa da frentista que passou a fita no posto de Santana e deu uma moto pra outro frentista da Braz Leme. Só que quem faz dinheiro levanta suspeita.

— Por isso você fuma essa bosta fedida aí?

O Jairo começa a rir alto e a família do Mané, que estava se ajeitando para ir embora ali perto, até olha para a gente estranhando a felicidade.

— Vai tomar no cu. Você quer saber ou não?

— Quero, continua.

— Então, ele começou a mostrar o dinheiro e os polícia vieram atrás da fatia. Ele tava rodando a quebrada de Hornet, só com os pano foda, viajando.

— Mas o que ele falava pra mulher dele?

— Sei lá, pergunta pra ela. Cê não ficou amiguinho dela, talarico?

Estendo a mão na direção dele, com o Jairo no meio do caminho, e devolvo o isqueiro.

— Tá, mas quem matou?

— Quem matou a gente não sabe, mas desconfia que foram os Coxinhas que tavam rondando a quebrada. A gente achou estranho que colaram uns paisana da Civil direto no Bar do Gordo, na Baixinha, e não tavam querendo papo com a gente.

O Jairo entra no papo:

— Mano, o Lagarto falou que os caras procuraram ele duas vezes pra negociar e ele riu na cara dos polícia.

Guardando o isqueiro no bolso da calça jeans, Gordão continua:

— É, mano. É triste. É triste, mas ele cresceu os olhos.

— Cresceu os olhos, Gordão? Tá louco, mano?

— Sim, mano. Ele quis peitar polícia e ostentou a grana na cara de todo mundo. Lambuzou os dedos demais, não dá. Tem que ser pianinho.

— Mataram ele lá no Bar do Paraíba mesmo?

O Jairo responde:

— Foi. Uma das balas entrou pelas costas, saiu pelo peito e cravou no freezer.

— E como foi?

— Os caras subiram de moto na calçada e ele tava sentado de costas. Nem tiraram o capacete, mano. Pelo que disseram foi coisa de filme. Se pá tinha até silenciador na arma. Foram dois tiros. Um que pegou nas costas e um na nuca, que saiu pela testa. Até achei estranho que não fez tanto estrago na cara dele. Coisa de profissional, o garupa atirou e os caras sumiram na Direitos Humanos.

— E os outros caras?

— É o Tinga, um mano lá do Albertina, e um mano lá da Vila Aurora. Se forem espertos, não aparecem tão cedo.

Kátia, que tinha deixado o seu carro na casa da tia depois de passar a noite comigo, se aproxima do carro e pede uma carona. Ela me abraça e me deixa com uma marca de batom numa parte do rosto em que a barba não cobre e senta no banco de trás.

Jairo, que se ligou no movimento, não perdoa.

— Vocês transaram, né?

O silêncio e as bochechas rosadas de Kátia deram a resposta.

Eles começam a andar, mas segundos depois o Jairo para o carro e acena para mim com a mão esquerda. Corro até o veículo e ele sem dar importância comenta:

— Você sabe o nome do moleque?

— Que moleque, Soneca?

— O filho do Mané.

— Não faço ideia.

— Raul.

Os três saem vagarosamente no Santana branco. No alto do vidro traseiro ainda dá para ver o antigo adesivo sem algumas letras:

Nóis cap ta mais não b eca

Aceitei o convite da Julia para almoçarmos no Mocotó, um famoso restaurante encravado há muitas décadas no alto de uma ladeira na Vila Medeiros. Julia ficou tão à vontade com as caipirinhas de caju e os dadinhos de tapioca que contou como eles se conheceram numa balada em que ela foi com as amigas e ele era segurança, como enfrentou os pais para ficar com o Mané, como ficaram felizes com a gravidez e ficou puta ao saber que Raul, o nome da criança, é também o apelido criminal de quem clona cartões.

returno

10

São Paulo, 28 de outubro de 2018

Acordei de ressaca às 11h53 pensando em almoçar no Bar da Baixinha ou no Mocofava. Tomei banho sem pressa, seguindo todo o ritual da barba, tomei um café preto que moí na hora, suco de laranja, ovos mexidos e pão com requeijão e geleia de damasco. Entendi, há cerca de três anos, que esse é o meu café da manhã preferido e o jeito de me mimar sem ter que entrar numa padaria com catraca aqui do bairro. Hoje é um dia de luxo. Vou votar de Uber mesmo tendo de pagar R$ 43,96 para sair da Zona Oeste em direção à Zona Norte.

O motorista, que errou a entrada na Avenida Sumaré e deu uma volta maior e demorou o dobro dos quatro minutos de espera do aplicativo, veio parte do caminho falando sobre o absurdo que é a corrupção, a importância de andarmos armados, a religião, o valor da família. O rádio ligado num culto evangélico, o celular, pendurado no vidro dianteiro, apitando com fotos de novinhas peladas num grupo batizado como "Guardiões das Ruas".

A capa do Batismo de Sangue, livro do Frei Beto que carregava comigo, entregava o meu voto. Ele tentava me convencer e trouxe à baila a mamadeira de piroca.

Esse foi o limite. Assim como o personagem do Arnaud Rodrigues na *Praça é Nossa*, o indescritível Povo Brasileiro, me revoltei e soltei uma longa lufada, peguei o fone de ouvido e botei, bem alto, "Eu Sou 157", do Racionais. Ele aumentou o louvor e seguimos satisfeitos em discordar.

Quando ele parou em frente ao Gastão Moutinho, tirei o fone e a voz do Mano Brown vinha como uma flecha.

"O dia D chegou
Se esse é o lugar, então, aqui estou
Quanto mais frio, mais em prol
Um amante do dinheiro, pontual como o Sol..."

Ele não se aguentou e falou:

— Tá repreendido em nome de Jesus.

Bati a porta do Renault Logan branco com a força que geraria um comentário tipo "não tem geladeira em casa" e atravessei a rua. Ele, com raiva, mas com medo de ser banido pela plataforma, arrancou com o carro como se fosse o Vin Diesel em *Velozes e Furiosos*.

Dobrando a esquina da Avenida Salvador Tolezano, vem o Jairo sorridente. A gente combinou de votar juntos, algo que fazemos há muitos anos.

— Caralho, playboy. Cê já chega na quebrada arrumando confusão?

— Mano, pior que eu não arrumei essa, não. O maluco tava doido pra caçar briga.

— Que porra de livro é esse?

— Uma parada aí sobre valorizar mais livros do que armas, cê não viu?

— Da hora, mas tem vez que não dá pra se defender com livro, não.

Caímos na gargalhada e entramos na escola em que estudamos.

— Cê não vai votar nesse boca de caçapa fardado não, né?

— Eu não ia votar em ninguém, mas odeio mais esse arrombado aí do que aqueles otários lá do hotel.

Votei na sala 4, no térreo, a mesma que tive aulas com o professor Gerson, de História. Cravei com raiva os números do candidato e fui me encontrar com o Jairo e um ou outro ex-aluno que eu não tinha a menor paciência de rever.

O nome que batiza a escola, Comandante Gastão Moutinho, foi de um oficial da Marinha que era capitão-de-corveta e tragicamente afundou junto com o navio quando voltava de uma patrulha no Nordeste durante a 2ª Guerra Mundial. O mais perto que chegamos da história desse homem foi o timão que tinha no uniforme da escola. Antes disso, nossa roupa era inspirada, a cor, a tipografia, tudo, no uniforme do Colégio Rio Branco.

A escola não tinha hino, mas o grito de guerra mais recorrente era: "Gastão, Gastão. Entra burro e sai ladrão."

Fomos pela Avenida Salvador Tolezano, passamos em frente ao Vitória Régia 1, cumprimentamos uns caras que estão sentados ali há 30 anos, entramos à esquerda em frente à Paróquia Santo Antônio dos Bancários, entramos à direita na Rua Celina Guinle de Paula Machado (uma filantropa, esposa do Lineu de Paula Machado, que morreu em 1974) e chegamos ao muro do Professor Paul Hugon, escola onde passei três anos da minha vida entre a arquibancada da quadra e o palco com outros desocupados desengonçados como eu.

O Paul Hugon foi um catedrático contratado pela USP que defendeu a urgente necessidade de estudos econômicos independentes, mas que nunca deve ter pisado naquele pedaço de terra na Zona Norte da cidade.

A Rua General José de Almeida Botelho, que acolhe no seu lado direito a imensa escola, está cheia de santinhos e repleta de gente com a camisa amarela do Brasil, uma visão tenebrosa que nos acostumamos a ver nos colégios eleitorais e na Avenida Paulista. Fomos até o pé do escadão e passamos perto do estacionamento que tempos atrás servia de palco (com mais exatidão, o teto) para os nossos jogos de futebol e de taco. Entramos à direita na Rua Isolina, à esquerda na Losango Caqui e desembarcamos na Rua Pataji, onde tudo começou.

Depois de 20 minutos de caminhada, o Jairo perguntou:

— Quer tomar uma aqui embaixo ou lá no Gordo?

— Vamo no Gordo.

— Você paga, porque é mais otário.

Subimos vagarosamente a Rua Pataji: vimos um boteco com a sinuca e o balcão lotado à direita, a casa da família do Danilo no pé da ladeira, a casa do Otávio, a Rua Preta, a casa do Jean, a casa onde morava a Dona Flor que vendia pano de prato, a casa da japonesa, a oficina do Carlinhos, a garagem que virou igreja, a casa da Clélia, da Branca. A casa do Seu Pedro, a *bombonière*, o brechó e paramos para bater um papo com o Seu Nenê, um dos moradores mais antigos ali da área. Ele, educado como sempre, falou que está tudo bem, que não tinha muita expectativa com essas eleições, que torcia por dias melhores para o Brasil e para o time do São Paulo. Me convidou para entrar, mas recusei.

Por muitos anos a minha vida era atravessar a rua e ouvir as histórias que o Seu Nenê tinha para contar. Dos tempos de peladeiro, do dia em que foi jogar bola no Romão Gomes (presídio de policiais no pé da Serra da Cantareira) e no fim da partida ele e os detentos saíram para uma resenha de leve. Ele amava futebol e a sua TV estava sempre ligada no Sportv, não importa qual fosse o jogo, ele estava atento. Lembro que quando me aventurei nos gramados, Seu Nenê foi me ver jogar e elogiou minhas habilidades. Ele era o avô que eu não tive por perto, uma figura importante na minha vida e estava ali, como sempre, com um sorriso no rosto e palavras de afeto.

O Jairo me deixou ali para matar um pouco da saudade e foi na frente. Pude ainda ouvir o Seu Nenê, que estava sempre informado dos acontecimentos da rua, me relatar os problemas atuais com os vizinhos do lado. Quis saber como eu estava, perguntou sobre o meu trabalho. Disse até que a Di, filha dele, mostrou uma reportagem recente que eu fiz. Ele falava de mim com orgulho, como se eu fosse um filho, um neto. Ele falava comigo olhando nos olhos e me ensinando com o seu jeito manso e mineiro. Eu não quis entrar, recusei o convite. E essa foi a última vez que o vi.

Ele morreu pouco tempo depois e agora quando passo na porta da sua casa não tem ninguém na janela ou com a cabeça atenta sob o portão de ferro.

A casa do Seu Nenê e da Dona Nenê, assim como toda a Pataji, parece um lugar desensinado a evoluir, quase sem cor. O chão de paralelepípedo com pequenos trechos cobertos por uma fina camada de asfalto mostram que aquela pequena rua foi esquecida. A casa em que eu morava virou duas. Duas garagens, duas entradas, duas famílias talvez. A Rua Pataji envelheceu cheia de fendas no chão e nos muros, com a tinta descascando e a umidade escurecendo as paredes cansadas. Não tem bandeirinha verde e amarela nem a bandeira do Brasil pintada no chão.

11

Continuei na Pataji em direção à casa do Jairo. Vi a mãe dele varrendo a calçada:

— E aí, Dona Neide. Tudo bem com a senhora?

— Ô, meu filho. Tudo bem? Ainda não fez essa barbona? Tá feio assim, já te disse.

— Eu vou fazer, Dona Neide. O Jairo tá aí?

— Não, ele só passou aqui e já subiu ali no Gordo. Ele tá impossível.

— Eu tô indo lá com ele, Dona Neide. Fica bem.

— Vê se bota juízo na cabeça dele. Ele só quer saber de baile funk e chupar narguile. Não sei mais o que faço.

— Eu falo com ele, pode deixar.

Eu já tive essa conversa com o Jairo e infelizmente para Dona Neide não vou voltar a tê-la. A vida dele é mais complexa do que a mãe gostaria. A sua prisão, se já não bastasse a dificuldade que a sua pele escura traz, fechou portas. Ele não consegue emprego formal, tem só até o 3º ano do Ensino Médio e pouca experiência. Tem só essa habilidade com o pipa e olhe lá. Quando moleque a gente entregava folheto de pizzaria junto, entregava pizza a pé junto, pixava junto, jogava bola junto, se virava junto. Mas a vida sempre foi mais difícil para ele e isso talvez a Dona Neide nunca vá entender. Já vi o Jairo chorar por não conseguir um trampo no McDonald's da Voluntários da Pátria com a Engenheiro Caetano Álvares. Já vi o Jairo sofrer, porque as minas não queriam dançar com ele na festa junina. E uma hora vi ele parar de chorar e sofrer. O Jairo mudou. O apelido de Soneca, por estar sempre desligado, não faz mais sentido. Ele está alerta, pronto para a ação. E isso a Dona Neide nunca vai entender, ou talvez, no fundo, no fundo, entenda muito bem.

Não sei bem quando e nem como o Jairo aceitou fazer parte do bonde do Gordão, mas sei também que foi essa galera que fortaleceu ele no pior momento da sua vida. Eu não fui visitá-lo, não mandei o jumbo, não mandei cigarro. Lidei como lido com as coisas importantes: me afastei.

Ele me espera na porta do bar de braços abertos e dois copos americanos cheios de cerveja com alta concentração de milho:

— A coisa tá feia pro seu candidato, mano.

— Meu candidato? Você votou no outro?

— Tá me tirando que vou votar em gambé?

A TV ligada mostra que a apuração está quase no fim e que o candidato meio de esquerda e meio playboy tem poucas chances. A apresentadora chama as imagens de um helicóptero em que é possível ver milhares de pessoas de amarelo comemorando.

— Calma que ainda não acabou.

Aceito o copo da mão esquerda e entro no Bar do Gordo que parece indiferente ao noticiário e à minha presença.

— E aí, caralho. Não vai me dar oi não?

— Nossa, mano. Nem vi que era você com essa barba. Tá mó diferente. Tá sozinho?

— Não, tô com o Soneca aqui.

— Pode crer.

O dono do bar cumprimenta o Jairo só movimentando um pouco a cabeça para baixo e não fala mais nada.

Sento na mesa ao lado da sinuca e vejo que há algo não dito no ar.

— Que foi, mano? O que pegou? Porque o Gordo tá assim?

— Nada não.

— Cê acha que me engana? Dá o papo, porra.

— Mano, você é curioso demais. Você é da imprensa, não posso ficar te contando o que acontece aqui. Se você cruzar essa linha pode ser BO pra você e pra mim.

— Eu já escrevi sobre você? Já publiquei alguma coisa do que acontece por aqui?

— Não, mas deveria. Tamo na merda aqui todo dia, problema de água parada, dengue. Até aquelas bostas de marimbondo voando ainda tem.

— Não muda o foco, mano. Posso até ver isso depois, mas diz aí.

— Cara, é simples. O Gordo me procurou, porque tava sumindo umas coisas aqui dentro. Engradado de breja, umas garrafas de cachaça, só coisa pequena. Aí montamos a ratoeira e pegamos o rato. Simples.

— E aí?

— E aí que explicamos que não era pra roubar na quebrada.

— E agora ele tem medo de vocês?

— A gente não encostou nele, mano. Tá doidão?

— Mas o que ele viu?

— Ele viu o rato tomar uns tapinhas.

— Quantos tapinhas?

— Uns três.

Enquanto ele me explica a situação, o HK vem sorrateiro pelas minhas costas e fala:

— Perdeu, perdeu.

No susto, me viro e caio da cadeira de plástico. Os dois riem da minha cara enquanto eu tento me recompor.

— O que você tá contando pra esse Zé Ruela?

— Nada não, só lembrando aquela história lá do rato que pegamos aqui.

— Mas você contou que quebrou os dedos dele com um martelo?

Um silêncio toma conta do bar.

Os caras que jogavam sinuca ficaram distantes. O som do Exaltasamba foi sumindo no ar.

"Tá vendo aquela lua que brilha lá no céu? Se você me pedir eu vou buscar só ..."

....

Eu olhei firme na direção do Soneca. Ele abaixou a cabeça sem uma palavra sequer. Desculpe, Dona Neide, não tem nada que eu possa fazer mais pelo seu filho.

Vejo do outro lado da rua, com um pé apoiado na parede, um cara magro, alto com o cabelo raspado no degradê da zero, no pescoço, para três ou quatro, no topo da cabeça. Ele tem um *Juliette* pendurado na testa e um gesso bem grande na mão esquerda. O Gordão percebe o que estou vendo e intervém.

— Cê tá com dó, cuzão? Tá com dó desse filho da puta? Leva ele pra sua casa. Esse craqueiro do caralho tava roubando aqui no bar, roubando as tiazinhas aqui na ladeira, roubando no ponto de ônibus. O Soneca quebrou a mão dele e foi pouco. Eu queria ter matado e jogado lá naquele córrego atrás da pistinha de skate. Então, se aquele bosta tá vivo, você agradece ao Soneca.

O Jairo levanta a cabeça, me olha nos olhos e revejo o meu amigo. Envergonhado, ele se levanta e vai buscar outra cerveja. Ali fico viajando nas ideias e pensando na quantidade de camadas que tem tudo isso.

O barulho seco de um rojão invade o nosso silêncio. Seguido por outro, mais um, mais um até que fica inaudível qualquer coisa. Nós três corremos para ver o que está rolando e um homem branco de uns 50 anos passa buzinando de carro com uma bandeira do Brasil no capô e berrando:

— O Brasil é nosso de novo, porra. Acabou pra essa comunistada do caralho!

Na TV uma multidão comemora a eleição do novo presidente. 78% dos votos já estão apurados.

O tempo passa em câmera lenta. Uma letargia de cerveja rala com a derrota nas urnas me deixa aéreo. 10 minutos, meia hora, sei lá. Só volto à realidade com uma cutucada do Gordão.

— Sabe quem tá procurando a gente?

Antes da resposta ele já se adianta:

— Seu amigo Leozinho.

— A gente?

— Sim, eles tão reunidos numa cobertura aí e chamou a gente pra colar.

— Mano, mas o que os caras tão fazendo? O candidato dele acabou de perder a eleição.

— Você é vacilão demais. Eu devia cobrar pelos meus ensinamentos, porque você é muito otário. Mano, o que playboy tamanduá que nem o seu amigo faz quando tá feliz e quando tá triste?

O Jairo, prático, pergunta como será a entrega, e o Gordão, cínico como sempre, apresenta o plano:

— Nós vamos lá curtir com os playboys e ver qualé que é enquanto eu faço a entrega chegar em segurança nas mãos do nosso cliente. Um dos melhores clientes, diga-se de passagem.

Emulando o Craque Neto, Jairo completa:

— Um baaaaita cliente.

Gordão chama o Meu no rádio e em menos de cinco minutos o rapaz aparece na sua frente um pouco afobado. Jairo percebe a situação e pergunta.

— O que tá pegando, Meu?

— Nada não, Soneca. Tô de boa. Qual o trampo?

— Tá de boa mesmo?

— Tô sim, mano.

O rapaz estava com cara de assustado e mais agitado do que o normal:

— Me fala o que eu tenho que fazer que eu já resolvo rapidão.

— Calma, mano. Antes você vai ter que explicar o que tá pegando.

Meu tenta minimizar a situação, mas explica que com o resultado das urnas a sua mãe teve um pico de pressão e que estava em casa passando mal. O rapaz sugere fazer o serviço e só depois levar ela ao Hospital do Mandaqui.

— Mano, vai pra sua casa agora, pega a sua mãe e leva no hospital.

— Mas e o trampo?

— Foda-se o trampo, caralho. A sua mãe sempre será mais importante.

O rapaz vira as costas sem se despedir e some no meio da muvuca que se armou ali na frente do bar.

Segundos depois Gordão volta afoito:

— Combinou com o Meu?

— Ele não pode ir.

— Como assim, caralho?

— A mãe dele tá passando mal e ele tem que levar ela no Mandaqui.

— Ele sabe que a gente precisa dele aqui. Ele vai ter que se virar.

— Ele não vai, mano. Deixa o moleque cuidar da família dele lá.

— Então você vai fazer a entrega. Ou melhor, vocês dois.

Gordão aponta para mim e me escala.

— Nem fodendo que eu vou fazer isso.

— Você não fez a ponte? Não conhece o caminho? Não anda com esses playboys? Não ganhou comissão? Então você vai com o Soneca resolver isso. Eu encontro vocês lá pra pegar o dinheiro.

Jairo faz um ligeiro sinal de positivo com a cabeça e olha para mim tentando me confortar.

Gordão tenta amenizar o clima de merda que ficou no ar:

— Dessa vez eles estão econômicos, pediram só 250 gramas.

Jairo me chama de canto e me explica como vai ser:

— Mano, relaxa. Não vai cair nada no seu colo.

— Como não, mano? Eu não posso entrar nessa, tá maluco?

— Cara, se você pular fora agora ele vai encanar com você pro resto da vida.

— Foda-se, mano. Eu mudo meu título de eleitor, mudo de cidade, de país. Foda-se.

— Relaxa. Se pegar alguma coisa eu assumo o BO.

— Desculpa, mano. Mas eu não posso fazer parte disso.

— Você já faz. Desde o primeiro turno e é assim que se entra nos esquemas, mano. Não é um e-mail que você recebe ou uma entrevista de emprego que você faz. De repente você se liga que já sujou a mão.

Gordão se aproxima de novo, dessa vez com menos paciência.

— Já acalmou sua namoradinha, Soneca?

Chego bem perto, bem perto mesmo e olho no fundo dos seus olhos arregalados.

— Eu vou fazer isso com o Jairo e nunca mais você me pede absolutamente nada nessa vida. Eu não trabalho pra você, não estou no esquema e não quero fazer parte das suas merdas.

— Você que pensa.

— Eu que penso é o caralho. Eu tô fazendo isso, porque sei que pode dar merda pro Jairo. Você já tem o contato daqueles filhos da puta, já sabe como fazer e não precisa de mim pra nada. Nunca mais me procura pra fazer essas merdas, entendeu?

— Ok, combinado.

Ele dá um passo para trás, olha para baixo e sai.

Jairo apresenta o seu plano de ação.

— Mano, vai ser mais simples do que você imagina. Nós vamos aqui perto, pegamos um táxi e descemos lá na porta do prédio. Você sobe comigo, eu entrego a parada, ele chega e pega o dinheiro e já era. Aí pegamos nossa parte, tomamos uma, fumamos um e já era.

— Qual o endereço?

— Avenida Paulista, 2584. Diz aqui que é perto de um bar chamado Riviera.

— Caralho, a Paulista vai tá lotada de arrombado.

— É a vida. Me espera aqui que já volto.

Ele some na Rua Mário Eloy e volta depois de um tempo com uma mochila preta discreta.

12

Domingo de noite, eleição. Não seria a coisa mais fácil descolar um táxi para sair ali da Zona Norte. Uber é ainda mais difícil, nem 99 está rolando. Descemos até o início da Avenida Direitos Humanos, num ponto de táxi de uns tiozinhos, e nada. Subimos até o final do 1757 e o ponto de táxi lá perto também está vazio. Mas um ônibus acende a luz e faz menção de sair. Jairo se antecipa, dá sinal e entra. Eu entro logo atrás reclamando:

— Cê tá maluco, caralho?

— Calma, mano. É só até a Voluntários, ali a gente consegue um táxi, Uber, qualquer coisa.

O ônibus sai quase vazio. Além de nós dois, só o motorista, o cobrador e uma idosa, que ficou na parte da frente batendo papo.

Poucos pontos depois, na Avenida Parada Pinto, um policial militar sobe os degraus. Ele cumprimenta o motorista, comenta alguma coisa sobre as eleições com o cobrador e se posta em pé ao lado da porta dianteira.

Ele começa a olhar em nossa direção no fundo do ônibus. Parece cansado, está indo embora para casa, mas algo faz com que ele não tire os olhos da gente. Eu estou em pânico, Jairo finge que nada está acontecendo. O policial tenta reparar na nossa conversa, nos nossos movimentos, e assim seguimos pela Avenida Santa Inês todinha. A idosa desce no primeiro ponto da Voluntários da Pátria e agora ele tem ainda menos motivos para disfarçar.

O ônibus pega embalo na ladeira e num gesto meio impulsivo dou sinal e me coloco em pé diante da porta da saída. Jairo também se levanta e descemos acelerados no ponto em frente ao McDonald's, em que o trampo fechou as portas para ele, e à Biblioteca Pedro Nava, o lugar onde tomei gosto pela leitura e entendi que o conhecimento talvez me tirasse da quebrada.

Parados, ficamos observando o policial olhar para gente e partir vagarosamente no 1757 com destino ao terminal Santana.

Depois de alguns minutos um Meriva branco com um luminoso em cima surge na nossa direção. Dou sinal, o motorista para e pergunta:

— Vai pra onde?

— Vamos pra Paulista, ali no finzinho, já do lado de lá da Consolação.

Ele olha pelo retrovisor e vê o Jairo se ajeitando no banco de trás. Tenta disfarçar, sem sucesso, o desconforto.

— Amigos, eu moro aqui perto, tô parando de trabalhar agora. Só quero ir pra casa.

Sem falar nada, Jairo tira uma nota de 100 do bolso da calça e coloca no banco do passageiro.

O motorista se cala e cruza o farol. Passa pelo Hospital do Mandaqui, onde o Meu levou a mãe, segue pelas lojas fechadas da moribunda Voluntários da Pátria de domingo. O Meriva entra na Avenida Cruzeiro do Sul no mais irrestrito silêncio. De repente o motorista liga o rádio e deixa num louvor.

A música sobre o cobrador de impostos Zaqueu deu espaço para uma notícia. Às 19h21 do dia 28 de outubro de 2018 uma voz feliz da rádio evangélica anuncia que o Brasil acaba de eleger um ex-capitão do Exército.

Na Avenida Cruzeiro do Sul, já quase no Terminal do Tietê, uma viatura começa a nos acompanhar mais de perto. O motorista parece tentar uma comunicação com os policiais e faz menção de mexer em algo perto do volante. Eu não sabia, mas quando os taxistas acendem o luminoso com o passageiro dentro do veículo é um sinal de que estão em perigo e esse é um jeito de solicitar ajuda.

Atento, Jairo percebe o movimento e fala de forma direta:

— A gente não vai fazer nada com você, mas se você acender esse luminoso vai ter problemas. Acha que não me liguei, vacilão do caralho?

O taxista começa a gaguejar.

— Qu-qu-que isso, senhor?

— Que isso é o caralho. Dei 100 conto pra você levar a gente no rolê sem problemas e você vem querer xisnovear pro meu lado? Só faz o trampo quietinho que vai ficar tudo bem.

O taxista balança a cabeça em concordância:

— Agora diminui a velocidade e deixa os gambés passarem. Se a gente quisesse te roubar, já tinha feito isso lá atrás na quebrada, seu otário do caralho. Não ia fazer num lugar movimentado que nem esse.

Depois desse incidente, seguimos pelas ruas em paz. Cruzamos o rio Tietê sem louvor, sem notícia. Pegamos a Ipiranga já um pouco mais tranquilos dentro do carro e subimos uma Rua da Consolação que celebrava em verde e amarelo um país sem comunismo.

O motorista para em frente ao prédio e tenta dar o troco. Jairo recusa.

— Essa é sua comissão por trampar de domingo. Boa semana pro senhor e bom descanso.

O homem sorri, agradece e sugere que a gente vá com Deus.

Um grupo de camisa amarela vem em nossa direção. Eles simulam tiros com o dedo indicador como crianças. Um deles — um cara com o buço suado, vermelho de sol, bermuda bege até o joelho e uma camisa em que diz "Meu Partido é o Brasil" — aponta para a gente e grita:

— Esses dois têm cara de comunista!!!

Jairo segura firme a mochila e toca o interfone da portaria sem olhar na direção deles.

Outro homem — esse mais velho, com um agasalho da seleção brasileira de futebol, cabelos grisalhos, uma bandeira pendurada nas costas e uma vuvuzela — concorda e se aproxima de mim:

— Você votou em quem?

O porteiro, com medo da confusão invadir a entrada do condomínio, não abriu o portão e assistiu de camarote.

Jairo me deu a mochila com 250 gramas de cocaína e chegou bem perto do idoso:

— O que você tá falando aí, veinho?

— Em quem você votou, comunista?

— É dá sua conta? Vai me dar um dinheiro? Vai pagar minhas contas?

Como eles ficaram em silêncio, Jairo completa:

— Então fecha o cu e vaza.

O cara do buço suado ainda tentou esticar o chiclete, mas o Jairo olhou bem no fundo dos olhos dele e disse:

— No titio ali eu tenho até dó de bater, mas você eu capoto no soco. Quer pagar pra ver, playboy comédia?

Eles foram recuando e Jairo, sozinho, botou os sete para pastar. Quando estavam do outro lado da rua voltaram a gritar contra o comunismo e atirar com as suas arminhas de dedo imaginárias na nossa direção.

Ele pegou a mochila de volta e o porteiro — um homem negro com os cabelos começando a branquear na faixa dos 50 anos — nos deixou entrar no Edifício Anchieta.

— Tá assim o dia inteiro. Nem botei o pé lá fora, que eles tão malucos.

Só consegui esboçar uma reação:

— É, tá foda.

— Vocês vão na festa do Seu Leonardo, na cobertura?

— Isso mesmo.

O porteiro olha na direção do Jairo e o cumprimenta:

— Pô, negão. Não deixou barato não, hein?

Jairo sorriu para ele:

— Vou arregar pra playboy?

Eles riram com cumplicidade e entramos no elevador.

Chegamos a um gramado muito bonito, com uma arquitetura modernista assinada em 1941 pelos irmãos Roberto, e vemos um grupo de pessoas meio descoladas que estão agora meio bêbadas e meio tristes com a derrota do candidato meio de esquerda.

Gordão já está no rolê com um copo largo de uísque na mão e o cigarro fedido na boca. Ele vem na nossa direção com um sorriso no rosto:

— Demoraram, caralho. Trouxeram o presente do Leozinho? Galera tá ansiosa.

— Como você chegou tão rápido?

— Vim de moto. Tá na mochila, Soneca? Passa pra cá.

Jairo entrega a droga para o chefe e ele segue para o salão. Em seguida, Leozinho, um grandão magrelo quase ruivo e mais um cara que nunca tinha visto na vida saem atrás do Gordão igual os patinhos filhotes atrás da mãe. Eles abrem uma porta para uma escada e somem por uns 20 minutos.

Eu e Jairo pegamos uma cerveja e ficamos ali olhando a vista da Paulista, que ainda tem uma multidão de pessoas com camisa amarela, algumas de verde e nenhuma de vermelho.

13

Uma mulher loira platinada, magra, de cabelos curtos se aproxima de mim e do Jairo.

— Oi, tudo bem? Você não é amigo do Rodrigo?

— De quem?

— Do Mané.

— Sim, éramos.

Respondo apontando para o Jairo também.

Ela não olha para ele e segue mirando os seus olhos castanho-claros na minha direção:

— Sou a Julia. Nos conhecemos no velório dele.

— Nossa, você tá muito diferente. Desculpe, não te reconheci.

Ela responde mexendo nos cabelos e sorrindo:

— Não tem problema, resolvi mudar o visual pra ver se a vida anda. Você tem isqueiro?

O Jairo estende a mão e entrega um Bic preto. Ela não olha para ele, sorri para mim, abre a pequena bolsa marrom escura da Louis Vuitton e tira um Marlboro Light.

Ele não comenta nada, mas me olha com raiva como se eu tivesse dando em cima da mina do Mané ainda vivo. Ele me chama de talarico sem me chamar de talarico. Pede licença para buscar uma cerveja e nos deixa ali. Ela nem olha para ele, eu confesso que olhei pouco também. Ela ficou bonita loira, nem parece a mesma mulher do velório, nem parece mais uma mulher triste.

Ela, sem desviar os olhos, puxa papo:

— Quem você conhece aqui?

— Conheço o Leozinho, a gente fez faculdade junto.

— Ah, que massa. Também conheço ele. As nossas famílias são próximas, a gente cresceu junto. Íamos sempre pra casa da família dele lá na Riviera de São Lourenço e para casa que os meus pais têm em Campos do Jordão. Já foi nessa casa da Riviera deles? É incrível.

— Não, nunca fui. Deve ser mesmo.

— O pai dele é muito rico, é banqueiro. Mas o Leozinho é super humilde, né? Tá sempre com todo tipo de gente.

— É, ele conhece todo tipo de gente mesmo.

— Você fez faculdade na FAAP também?

— Não, foi em outro lugar. Eu era bolsista do PROUNI e caí na sala dele.

— Ah, é verdade. A FAAP ele trancou, porque foi morar em Barcelona. Aí depois fez uma outra que nem lembro o nome.

— É, foi nessa que a gente se conheceu.

— Ai, desculpa. Falei besteira, né?

— Não, tudo bem.

— Acho que é o álcool.

Por alguns instantes, durante a nossa conversa, viajei sobre o universo da Julia e do Leozinho. Ele é tão distante, mas tão distante que às vezes eu nem alcanço, nem consigo visualizar. A casa da Riviera, a casa de Campos do Jordão, as *rehabs* dele que se tornam cursos no exterior, a mesada que os pais dela suspenderam por ela ter se casado com um fodido, essa festa. Tudo isso é muito surreal. Os amigos deles se conhecem pelos sobrenomes chiques e por pequenas abreviações do nome. É a Fe Salles, o Tom Fraga, a Sá Mendes, a Ju Safra e no meio tem sempre um descendente da monarquia. Esse mundo fica ainda mais distante quando começo a enumerar os vulgos dos meus parceiros.

Soneca, Gordão, Mané, Gordo, Lagarto, Meu, Bisteca, Pirulito, Minão, Marrom, Negão, Alemão, Ferrugem, Titi, Vampeta, Cocoon, Dunha, Merdinha, Locha, Tuxo, Zé Pcido, Cabelo, Caspa, Dentinho, Tetão, Cabeção, Zóio, Zazá, Cachorro, Javali, Napa, Parrudo, Mongo, Shepa, Boi...

Depois de perceber a minha viajada ela me interrompe de forma direta:

— Você toparia ir pra outro lugar comigo?

— Não sei. Eu vim com outros dois amigos que eram amigos do Mané, sei lá.

— A gente disfarça. Anota o meu número. Eu te passo o endereço e a gente se encontra em outro lugar.

— Não sei.

— Não vou te morder, só quero ir pra um lugar mais tranquilo, sem tanta gente olhando.

— Tá bom.

Ela pega meu celular, anota o próprio número e com o meu aparelho manda uma mensagem para ela mesma. Depois disso se perde nas rodas de conversa do terraço. Ao fundo, o Jairo percebe toda a movimentação. Ele vem com duas cervejas na minha direção e um gomo de laranja:

— Mano, você é um talarico do caralho.

— Cara, juro que tô tentando não ser. Onde você arrumou uma laranja, caralho?

— Na mesa lá dentro. Tava com fome. Se liga, muda de assunto, não. Tem nem 15 dias que o Mané morreu, mano.

— Cara, não comenta nada com o Gordão, por favor.

— Não sei como ele ainda não socou sua cara por você chamar ele assim. O cara é chamado de HK por todo mundo, menos por você.

— Porque no fundo ele gosta de mim.

HK volta com a mochila discreta cheia de dinheiro e um sorriso largo no rosto. O palhaço tatuado no braço se engalfinha no pescoço de Leozinho, que também sorri um riso frouxo, solto, tão leve que nem parece que perdeu a eleição.

Os dois vêm juntos na nossa direção. Leozinho, claramente alterado, brada:

— Companheiro, você tem os melhores amigos. Esse cara aqui (apontando para o traficante tatuado) é uma figura.

Leozinho me abraça, tenta abraçar o Jairo, que recua, e sai.

Logo alguém chama e o playboy nos deixa sozinhos.

Gordão despenca o sorriso:

— Nossa, mano. Que vacilão do caralho. Ele parece o Boça falando.

— Ele é tontão mesmo. Na faculdade até os playboys zoavam. Ele é muito rico, mano.

— E eu não sei? Vi o apartamento dele. Já ganhei todo o esquema de segurança, vi onde fica o cofre e já até sei como entrar.

— Caralho, como assim?

O Jairo ri como se já conhecesse essa cena.

— Assim, mano. Ele não tem dinheiro infinito? Então vamos pegar uma fatia. Quanto é 1% de infinito?

— Não, mano. Você não vai fazer isso.

— Eu não. Meu ramo de atuação é outro, mas vou dar a caminhada pra uns manos lá do Penteado e só pego a comissão.

— Caralho, mas e se alguém se machucar?

— Relaxa, caralho. Tá em choque? O bico fala tanto que me disse o horário que trabalha, onde trabalha, quanto tempo fica fora de casa e ainda abriu o cofre na minha frente. A senha é 13121987, que eu apostaria que é o dia que ele nasceu.

— Você é dodói, mano. Cê tem noção do bagulho que você tá falando? Eu não te falei, Soneca? Esse maluco é um psicopata.

HK mostra os dentes:

— Vai tomar no seu cu, seu cuzão do caralho. Olha como você fala comigo, seu bosta. Cê acha que só porque me conhece há uma cota pode falar assim comigo? Eu já matei por muito menos que isso, seu filho da puta.

As pessoas estranham o tom de voz elevado e reparam na gente, Jairo tenta acalmar os ânimos. Ele coloca a mão no meu ombro e no ombro do Gordão e fala sério:

— Aqui não é lugar pra isso.

Eu tento encerrar o assunto, mas HK está animado demais para não contar o seu plano genial. Ele aproxima o rosto do nosso e começa a falar baixo e mais sério.

— Eu prometo que ninguém vai se machucar. Me escuta, que você vai entender.

Eu fico em silêncio, mas não interrompo. Jairo demonstra um interesse, não sei se para agradar e acalmar o amigo.

— Vou deixar alguém de campana na frente da agência que ele trabalha. É essa daqui, né?

Ele puxa o celular e me mostra a fachada de uma imponente multinacional em Pinheiros na tela. Depois, continua:

— Deixo alguém lá seguindo ele pra não dar milho. Os meninos chegam aqui depois do almoço como se fossem fazer um conserto na casa, vão de uniforme e tudo.

Não me aguento:

— Você é maluco.

— Maluco, nada. Já sei quando e como entrar.

Ele traça o plano.

— Eu fui no banheiro da casa. Bagulho todo de mármore. Soltei o cano embaixo da pia, bem de leve. Vai dar um vazamento pequeno, a tiazinha que trampa vai perceber na segunda, espero que mais no fim do dia, e na terça ele estará precisando de manutenção. Vai avisar o porteiro e aí é só entrar. Se ele não deixar avisado, os meninos já têm esquema. É só ameaçar que vai ligar pro playboy que os porteiros, com medo, deixam subir.

Ele parece se excitar com o plano. Ele está realmente empolgado com o roubo que planejou. Ele abraça a mim e ao Jairo e começa a discursar.

— Vocês são dois otários, mas são importantes pra mim. Nunca disse isso, mas quero sair dessa vida. Nos meus planos, fico só mais uns cinco anos e depois meto o pé. Vou morar lá em Ribeirão Preto ou Sorocaba e ficar de patrão, abro uma loja, uma lanchonete, sei lá. Fé em Deus que vai dar certo. Mas, ó. Ninguém pode saber dessa fita. Cinco aninhos e já era. Com esse apê do Leozinho talvez até reduza um tempo.

14

Depois de observar sem reação mais uma ideia absurda do Gordão, decido que tenho que beber para ter coragem de encarar os camisas amarelas da Paulista, a derrota do meu candidato meio de esquerda e também a investida com a viúva do Mané. Era o combo imperfeito do fim de noite de domingo.

Nós três começamos a tomar do uísque 18 anos que o Leozinho deixou, segundo ele mesmo, só para a diretoria, mas que encontramos escondido embaixo de uma mesa num canto do salão. A diretoria, óbvio, não era a gente, mas proclamamos ali que o Gordão seria o diretor de logística, o Jairo o diretor dos Recursos Humanos e *compliance* e que eu me encarregaria da direção de comunicação daquela festa falida com música ruim.

Tomamos a garrafa inteira do Macallan.

Já passou de meia-noite. Gordão se lembrou do dinheiro na sua mochila, que mesmo bêbado ele não largou um minuto sequer e decidiu ir embora:

— Acho que vou nessa. Não tem mais nada pra nóis aqui.

Jairo concorda:

— Vou com você e o talarico vai ficar aqui pelo jeito?

— Que talarico? Tá falando desse otário aqui?

— Nada, não. Só zoeira minha.

— Bora, eu te levo de moto.

Gelei só com a possibilidade do Gordão saber do papo com a Julia. Ele sóbrio já é maluco, bêbado poderia surtar e me jogar lá de cima.

Os dois evaporam abraçados no meio das pessoas que já nem se lembram mais de quem ganhou ou quem perdeu a eleição.

Ali, meio bêbado e meio de bobeira, olho o celular e tem sete mensagens:

Julia
22:58
E aí, topa me encontrar hoje?

Julia
22:59
Se quiser te passo as coordenadas

Julia
23:16
É a Julia

Julia
23:37
Super entendo se não quiser também

Julia
23:49
Não sei onde eu tava com a cabeça quando sugeri isso. Foi viagem, desculpa. Tô bêbada.

Julia
00:01
Mensagem apagada

Julia
00:12
Mas se quiser me encontrar estou por aqui.

Faz menos de dois minutos que ela mandou a última mensagem. Será que ligo? Será que vale a pena? Será que vai ser mais uma presepada para o meu longo histórico de vacilos? Foda-se.

— Alô, Julia. Tudo bem?

— Tudo, e com você?

— Tô saindo aqui do Leozinho. Tá por onde?

— Hmmmm. Tô no Spot. Vou terminar o meu drinque e pagar. Posso te buscar aí em menos de 10 minutos.

— Perfeito, te espero ali naquele ponto de táxi do Riviera, pode ser?

— Pode, claro. Eu passo de Uber e seguimos.

— Pra onde?

— Relaxa, você vai gostar.

Ziguezagueio pelas pessoas alteradas que dançam ao som de "Onda Onda (Olha a Onda)", do Tchakabum.

O que parecia que ia virar uma suruba, se tornou uma cópia de uma festa tosca de casamento com os pais dos noivos protagonizando coreografias sem sentido.

Nem me despeço, até porque não conheço quase ninguém nesse rolê furado. Entro no elevador com a música ao fundo:

"Capitão mandou
O marujo: Sim, senhor!
Capitão mandou
O marujo: Sim, senhor!
E o capitão mandou
O marujo: Sim, senhor!"

Antes de chegar ao térreo vejo uma mensagem nova da Julia:

Julia
00:19
Tô pagando a conta

Respondi com um *emoji* de sinal positivo.

Chegando ao térreo comecei a ouvir uma gritaria que foi se intensificando. Ouvi gritos e quando saí do elevador comecei a reconhecer aquelas vozes. Era o HK e o Soneca pedindo calma bem em frente ao Edifício Anchieta, mas não consegui ver, de cara, com quem eles falavam.

Perguntei para o porteiro, que não era mais o mesmo de quando entramos, e ele foi categórico:

— A polícia parou esses dois malas aí na porta agorinha.

— Que mala, caralho? Eles estavam na festa lá da cobertura.

— É nada. Esses aí têm cara de coisa ruim.

— Coisa ruim? Do que você tá falando?

— Eu vi eles saindo do prédio com essa mochila e estranhei na hora. Vi que tinha uma viatura que sempre passa aqui e chamei os policiais.

— Você fez o quê?

— Chamei a polícia mesmo. E olha lá. Tão devendo alguma coisa.

— Caralho, mano. Você é um bosta. Lambe bota do caralho.

Fui saindo para tentar ajudar e vi dois policiais com armas apontadas para os meus amigos. Gordão e Soneca estavam de frente para o prédio com as mãos entrelaçadas na nuca.

Olhei para o Gordão e ele não tinha reação nenhuma, conhecia aquele procedimento e só tentava acalmar os policiais emocionados. No chão, ao seu lado, a mochila discreta repousava como se abrigasse algumas roupas e livros. Ele olha para mim e pisca do mesmo jeito que piscou quando saiu da sala para falar com a diretora.

O Jairo, por outro lado, não parecia tranquilo. Enxergava medo no seu olhar. Medo do que poderia acontecer com aquela arma apontada para ele, medo do que o Gordão poderia fazer. E o medo aumentou ainda mais quando ele me viu saindo do prédio.

Eu fiz menção a me envolver, mas ele lentamente fez um sinal negativo com a cabeça e entre os dentes falou baixinho:

— Vaza!

Eu paralisei. Não consegui sair, não consegui me mexer, não consegui ajudar. Fiquei colado ao portão, a poucos passos de distância, completamente inútil.

Um dos policiais, afoito e estridente, começou a gritar:

— O que tem na mochila, porra? Fala, vagabundo.

O outro policial, que apontava a arma para o Jairo, falava mais baixo, mas não menos raivoso.

— Entrega logo, vagabundo.

Gordão começa a perder a pose, porque sabia que na mochila tinha a grana da cocaína que ele acabou de vender, mas também que na sua cintura tinha a Sig Sauer preta com o cabo emborrachado que ele pagou caro e usou menos de 10 vezes.

Ele começa a tentar um diálogo:

— Perdi, caralho. Perdi. Só calma, vamo conversar.

O policial mais novo foi ficando mais nervoso:

— Conversar é o caralho. O que tem na mochila?

— Calma, tem 7.000 reais e uma arma na minha cintura. Vocês podem levar tudo e deixar a gente ir embora na paz.

Os policiais se assustaram com a honestidade do Gordão. Eles se olharam incrédulos com a notícia. O policial mais velho, um pouco balofo, começou a dar as ordens aos gritos.

— Vira de frente, cidadão.... Mas mantém a mão pra cima.

Gordão obedece.

— Você tem o que aí com você?

— 7.000 reais e uma arma na cintura. É seu dia de sorte.

— E seu dia de azar, né?

— Vocês podem levar tudo, só deixa a gente ir embora.

Ele se vira pro Jairo e fala:

— E você, não tem nada pra falar?

— Não, senhor.

O policial mais velho pega a mochila discreta, abre e arregala os olhos com o que vê. Realmente tem 7.000 reais. Ele se aproxima do Gordão e vai direto com a mão na altura da sua cintura e pega a arma. Ele viu, eu vi, o porteiro viu, todos os curiosos ao redor viram. Até o pessoal que esperava o busão na Rua da Consolação viu.

O policial, falou baixo algo no ouvido de Gordão. Estava nítido que dessa vez não ia dar para aliviar.

O policial mais novo ficou tão descrente que foi mostrar a mochila para outros dois policiais que encostaram com uma viatura depois. Ele, inclusive, descumpriu o protocolo de manter o suspeito sob mira.

Percebo o movimento do Gordão de tentar negociar com o policial mais velho. Ele consegue isolar o cara dos outros policiais e noto que, de algum jeito, ele reverteu a situação. De repente, o policial mais velho grita:

— Vamos levar os dois malas para dar uma volta!

Fica um silêncio no ar.

Os curiosos se aproximam para ver o que está acontecendo. Ao lado, além do porteiro, orgulhoso de ser X9, alguns moradores que estavam de saída se aglomeram.

Um Nissan Versa prata com um amassado na porta do passageiro encosta atrás da viatura da PM. No banco de trás, Julia abaixa o vidro e vira mais uma espectadora do circo protagonizado pelos meus amigos de infância e dois policiais – um afoito e raivoso, e outro, corrupto e preguiçoso. Ela desce do carro, reconhece os dois e me vê ao fundo.

Tento me comunicar com ela, mas ela desvia o olhar, volta para dentro do veículo e vai embora.

Não tenho como sair desse cenário. HK e Soneca obstruem o portão e há armas apontadas para as suas cabeças. E não tenho o privilégio de passar por isso como se nada tivesse acontecido. Eu cresci com esses caras, a arma poderia estar apontada para a minha cabeça se eu tivesse descido junto com eles e ali, a poucos passos, consigo sentir até o peso da respiração do policial mais novo.

Ele estava identificado na farda como Soldado PM Messias. Era agitado, provavelmente recém formado, cheio de disposição e ódio. Aprendeu que quanto mais escura for a cor da pele mais vigor é preciso mostrar. O outro, identificado como 2º Sargento PM Fleury era mais bonachão, tinha pouco cuidado com seus gestos, usava uma farda que parecia justa e andava com a calma de quem tem uma arma na cintura.

Novamente olho para o Jairo em busca de uma solução. Se eu esticasse os braços, conseguiria tocá-lo. Ele ainda com as mãos entrelaçadas na nuca faz um sinal de negativo com a cabeça e entre os dentes diz:

— Fica aí, caralho.

O 2º Sargento PM Fleury se aproxima do Gordão e fala baixo, mas consigo entender algo como:

— Vamo resolver. Relaxa.

Gordão, já meio puto, fala mais alto:

— Mas e o novato aí? Acalma ele, porra.

O Soldado PM Messias para na minha direção e de todos os espectadores de dentro do prédio agora aponta a sua arma para as costas do Jairo.

— Messias, fica tranquilo. Pode relaxar que eles já perderam.

— Ok, Sargento.

O 2º Sargento PM Fleury vai até as costas do Gordão e encena uma prisão. Saca as suas algemas e a entrelaça nos pulsos do novo sócio. O Soldado PM Messias não percebe que o jogo virou, quase ninguém percebe que o jogo virou.

Gordão olha para mim e sorri seu riso débil, mas dessa vez é discreto. Ele perdeu, mas venceu.

Ele deu um jeito. Vai dar certo. Cínico, ele acena para o policial e discretamente para mim.

— Algema esse daí, Soldado.

O Soldado PM Messias ordena que o Jairo abaixe os braços e os coloque para trás, mas faz tudo com raiva, com um vigor desnecessário.

— Vai, vagabundo. Abaixa o braço devagar.

Ele coloca a algema apertada. Jairo faz cara de dor, mas não dá um pio.

Com agressividade, vira o Jairo de frente para ele. Olha bem na bolinha do olho e fala:

— Você tá fodido, mala. Tá fodido.

O neon vermelho do Riviera contrasta com o cenário, mas os seguranças da balada vibram com a ação policial. O buxixo dos curiosos toma corpo e gritos de ordem contra a bandidagem começam a se formar. Apesar do ímpeto do Soldado PM Messias, não houve agressão. É uma cena que, de uma forma estranha, parecia coroar a eleição daquele domingo. Dois homens negros sendo conduzidos pela polícia com dinheiro e arma em plena Avenida Paulista.

Os dois começam a ser conduzidos para o banco de trás da viatura sob os aplausos dos camisas amarelas que insistem em comemorar. O 2º Sargento PM Fleury pega a mochila discreta, coloca a Sig Sauer dentro e se posiciona atrás do HK de uma forma mais relaxada. O Soldado PM Messias se posiciona atrás do Jairo, mas com a arma sempre apontada para ele.

HK entra no banco de trás do lado do motorista esparramado e sem pressa. Jairo, também devagar, espera a porta atrás do banco do passageiro ser aberta para que ele possa entrar.

O Soldado PM Messias, nunca descansado, abre a porta com a mesma mão que está segurando a sua glock e com a mesma raiva que cultiva há décadas.

Um barulho oco, seco, alto e cheio de eco toma conta do ambiente. Os aplausos cessam, as pessoas começam a correr. Jairo, de costas para mim, se ajoelha e depois tomba para a esquerda com as mãos algemadas para trás em câmera lenta.

O Soldado PM Messias se desespera, dá dois passos para trás e fica olhando a sua arma. O 2º Sargento PM Fleury corre na sua direção, tira a .40 das mãos trêmulas do seu colega e o senta no banco do passageiro da viatura. Ele não olha pro Jairo, mas aciona uma ambulância.

Gordão aproveita a distração e corre em direção à Avenida Angélica. Mesmo algemado desaparece e deixa pra trás a moto, o dinheiro, a Sig Sauer e o amigo baleado.

O porteiro cagueta coloca as mãos na cabeça e vira de costas, nem o mais otário dos homens torce para um desfecho como esse. Os transeuntes fogem, porque ninguém quer ser testemunha de tragédia, mas meia dúzia comemora. Entre eles é possível ver com nitidez um careca, baixinho com a camisa da seleção brasileira de futebol e bermuda cargo com bolsos laterais verde-militar. Ele grita cheio de ódio em meio ao caos:

— Tem que matar vagabundo!

Depois de congelar por alguns segundos, que pareceram uma vida toda, consegui abrir o portão verde oliva e correr até o Jairo.

Uma poça de sangue se forma embaixo dele e um delicado filete vermelho escuro tinge o meio-fio em frente ao número 2584 da Avenida Paulista.

Ele está deitado de lado e respira com dificuldade. A sua camiseta branca da Quiksilver está ensopada e com um buraco circular no meio do peito. Ele está de lado com o corpo sobre o braço esquerdo. Ele chora baixinho de dor e me olha com o mesmo olhar de quando éramos crianças.

O 2º Sargento PM Fleury tenta acalmar o Soldado PM Messias, que agora parece que quer atirar em todo mundo que está ali.

— Cadê o outro vagabundo? Ele fugiu, ele fugiu. Vamos atrás dele, Sargento!

Os policiais começam a discutir enquanto Jairo agoniza.

Ajoelho diante dele e seguro a sua cabeça:

— Tira a algema dele, porra.

O Soldado PM Messias vem na minha direção gritando:

— Não pode tirar a algema.

— Não pode o caralho. Você acha que ele vai fugir com uma bala no peito?

— E quem é você pra chegar falando assim?

— Sou uma das pessoas que viu a merda que você fez. Tira a porra da algema, caralho.

— O que você é dele, cidadão?

— Irmão.

Ele abaixa a cabeça e fica em silêncio, mas ainda com raiva. O 2º Sargento PM Fleury se agacha atrás do Jairo e tira a algema.

Me sento no meio-fio, viro Jairo calmamente de barriga para cima e apoio a sua cabeça no meu colo. Ele segura firme a minha mão, sinto os ossos dos dedos se juntarem. Tento tirar o foco dele de toda aquela tragédia. Reparo nos seus cabelos crespos que rareiam na parte de cima e de trás da cabeça.

— Cê tá ficando careca.

Ele tenta me mandar tomar no cu, mas sente muita dor, mas dá uma risada seguida de um pequeno uivo.

— Calma, irmão.

O Soldado PM Messias vem na minha direção fora de si:

— Se afaste do suspeito. Você não pode ficar aí.

— Vai tomar no cu, seu merda.

O Jairo ri com a cena e cospe um pouco de sangue em mim. A gente ri junto do gambé.

Ele faz menção de sacar a sua arma, mas ela já está com o 2º Sargento PM Fleury. Ele então pega o cassetete, mas outros policiais chegam e o afastam de mim e do Jairo.

Um coronel tira a identificação da farda do Soldado PM Messias. O 2º Sargento PM Fleury faz o mesmo movimento, mas nunca vou esquecer que o Soldado PM Messias tem sangue A+, o mesmo do Jairo, e o 2º Sargento PM Fleury tem sangue O-.

A respiração do Jairo vai ficando mais fraca.

Ele olha para mim a dois dias de completar 32 anos de idade. Me chama baixinho pelo nome, mas a voz quase não sai. Me aproximo com o ouvido perto da sua boca e ouço um balbucio:

— Pede desculpas pra Dona Neide.

— Você mesmo vai pedir, mano. Respira devagar.

O seu aperto de mão perde força. A sua carpa tatuada no braço direito cai no meio-fio e se mistura ao próprio sangue. Ele está com os olhos na minha direção, mas é como se não estivesse mais ali.

Uma ambulância vermelha dos Bombeiros chega, pegam ele rapidamente, colocam numa maca e levam para o veículo. Uma bombeira grita para mim:

— Você vem?

Pulo na ambulância com a equipe médica. Agora não me lembro se eram dois ou três profissionais que tentavam trazê-lo de volta. Me lembro apenas de segurar a mão esquerda do Jairo e reparar numa cicatriz que ele tem entre o dedão e o dedo indicador que vai da junção dos dedos até o meio da mão. Ele cortou uma vez em que estávamos brincando de esconde-esconde num ferro velho da Rua Pataji. O Gordão tava batendo cara e a gente se escondeu no meio de um monte de tranqueiras amontoadas. Eu, desengonçado como sempre, esbarrei nos restos mortais de uma porta de madeira e as coisas começaram a despencar na nossa direção. Uma janela pesada ia cair na minha cabeça e ele, para me salvar, colocou a mão na frente, conseguiu me proteger de um acidente, mas cortou a mão com um vidro que se espatifou. Sangrou muito. Mas ele segurou a onda quieto e fomos correndo até a Dona Neide, eu desesperado e ele calmo, como sempre. Pegamos uma carona no Fusca azul royal do Marquinhos e desembarcamos no Hospital do Mandaqui para 13 pontos e uma história.

O Jairo tem dificuldade para respirar. Os seus batimentos estão baixos, tem muito sangue espalhado.

Chegamos bem rápido, cerca de três minutos, ao Hospital das Clínicas. Os Bombeiros correram com o Jairo inerte para a Emergência e fiquei no meio do caminho em uma das mil portas que separam o saguão da sala de cirurgia.

E agora? Cadê o meu celular? O que eu faço? Quem eu aviso? Cadê o arrombado do Gordão que sumiu uma hora dessas?

Achei o telefone da Dona Neide na agenda. Ela de vez em quando me manda corrente de oração e figurinhas de bom dia, boa tarde e boa noite com temas religiosos no WhatsApp. Tento me tranquilizar para falar com ela. Ligo uma vez, duas, três, quatro. Ela atende só na sexta tentativa.

— Dona Neide. Tudo bem? Desculpa ligar a essa hora. Mas eu tô aqui com o Jairo nas Clínicas. A senhora pode vir pra cá? Ele se machucou, mas já tá sendo atendido.

Desligo o telefone sem dar mais detalhes, ela não merece saber uma coisa dessas assim.

Um policial, Tenente-Coronel Peixoto, se aproxima:

— Você que é a testemunha do incidente no Riviera?

— Sou, sim.

— Você pode me acompanhar?

— Pra quê, policial?

— Queremos colher o seu depoimento sobre o ocorrido.

— Ok.

— Me empresta o RG, por favor?

— Tá aqui.

— Qual o seu nome?

...

Brutalismo e não-lugar

Parque Modelo, a estreia de Peu Araújo, é um romance visceral que nos transporta para as entranhas de um bairro periférico de São Paulo. Com uma narrativa crua e poética, o autor nos apresenta um universo onde a violência, o tráfico de substâncias ilícitas e a desigualdade social se entrelaçam com a solidariedade, a resistência e a esperança.

Narrado em primeira pessoa por um protagonista que cresceu no bairro, mas que saiu e se compadece com a síndrome do sobrevivente, a obra nos oferece um olhar íntimo e, ao mesmo tempo, distanciado sobre a comunidade. Através de suas memórias e de seu reencontro com antigos amigos e conhecidos, somos imersos em um mundo onde as feridas sociais estão expostas, mas onde também pulsa a complexidade e a humanidade de seus personagens.

Peu Araújo constrói uma narrativa crua e poética, que não se furta a expor as feridas abertas da sociedade que lhe deu berço, mas que também celebra a humanidade e a complexidade de seus personagens.

Do Gordão, líder do tráfico local, à Dona Neide, mãe zelosa e sofredora, passando pelo Soneca, jovem negro que enfrenta os preconceitos e as tentações do crime, cada figura que habita o Parque Modelo é retratada com sensibilidade e argúcia. Peu Araújo não se furta a expor as contradições e os desafios enfrentados por aqueles que são tidos como a base da pirâmide social, e o bairro, como um espaço que, embora fisicamente localizado na zona norte de São Paulo, representa um "não-lugar" para seus habitantes, um conceito que vai além da mera geografia para abordar a sensação de alienação e falta de pertencimento.

"O Parque Modelo não existe. Esse pedacinho de terra à mercê do tempo e esquecido num buraco entre as avenidas Santa Inês, Direitos Humanos e Parada Pinto aparece na correspondência como Jardim Carlu, um nome tão impopular quanto sem graça"

A história é permeada por chegadas e partidas, encontros e despedidas, reforçando a ideia de transitoriedade, de não enraizamento. Os personagens estão sempre em movimento, seja físico ou emocional, buscando algo que não encontram naquele lugar.

Até mesmo a amizade entre o narrador, Jairo e Gordão é marcada por esse não-pertencimento. Apesar da história em comum, eles seguiram caminhos diferentes e há sempre uma tensão, uma barreira que os impede de se reconectarem verdadeiramente.

A tragédia brasileira revelada aqui é simbólica desse não-lugar existencial dos personagens. Eles são produtos de um espaço que não os acolhe, não os integra, e acabam sendo vítimas e perpetradores da violência que marca esses não-lugares urbanos.

O filósofo Achille Mbembe reinterpreta o termo "brutalismo", originalmente associado à arquitetura, para descrever uma realidade contemporânea em que a essência humana não apenas é transformada, mas também, ao mesmo tempo, a sua própria existência é ameaçada. Analisando esta história, o espaço onde se desenrola, justaposto às reflexões de Mbembe apresentadas em seu livro *Brutalisme*, onde ele declara que "o projeto final do brutalismo é a transformação da humanidade em matéria e energia", o bairro Parque Modelo exemplifica esse brutalismo urbano. É um espaço marginalizado e estigmatizado, onde a violência e a pobreza são prevalentes. Seus moradores, como os personagens principais da história, são frequentemente vistos como menos humanos, reduzidos a estatísticas de criminalidade ou problemas sociais. Esse espaço, portanto, não é apenas um cenário físico, mas um reflexo das dinâmicas brutais de exclusão e marginalização que caracterizam muitas áreas urbanas contemporâneas.

A cidade de São Paulo, como um todo, também reflete esse brutalismo. A metrópole é palco de desigualdades extremas, onde arranha-céus e favelas coexistem lado a lado. A transformação de humanos em "matéria e energia" pode ser vista na forma como a força de trabalho é explorada, na despersonalização dos indivíduos em meio à massa urbana, e na maneira como as políticas urbanas frequentemente priorizam o capital em detrimento das necessidades humanas.

Os personagens de *Parque Modelo* lutam para manterem sua humanidade em um ambiente que constantemente os desumaniza. Eles são empurrados para o crime e outras formas de vida marginal, não por escolha, mas como uma resposta às circunstâncias brutais que enfrentam. A narrativa mostra como o ambiente brutalista afeta suas psiques e relações, levando-os a ações desesperadas e, muitas vezes, violentas.

Ao acompanharmos a jornada do protagonista, dividido entre o afeto pelo bairro que o criou e o desejo de se afastar dele, somos confrontados com questões urgentes sobre escolhas. As escolhas sobre as quais temos domínio e agência, e aquelas que já foram tomadas gerações atrás, determinando um presente que, por mais que se tente, por mais que se acredite na democracia e se vote nesse ou naquele candidato, o destino dos não incluídos dificilmente seria alterado. O protagonista se vê diante desse dilema, preso entre as raízes que o moldaram no Parque Modelo e a vontade de trilhar um caminho diferente, de escapar do ciclo de violência e privações que assola sua comunidade. Suas decisões refletem a luta constante entre a herança do passado e a busca por um futuro distinto, um embate que ecoa nas vidas de tantos outros habitantes da periferia brasileira.

O romance de Peu Araújo é, assim, um convite para olharmos além dos estereótipos e das manchetes sensacionalistas, para enxergarmos a humanidade pulsante que habita as margens de nossas cidades. Ao nos entregarmos às páginas de *Parque Modelo*, embarcamos em uma viagem transformadora pelas ruas, pelas memórias e pelas histórias de um lugar que, apesar de suas dores e seus desafios, segue pulsando com vida, com poesia e com esperança. Uma leitura necessária e urgente para todos aqueles que acreditam no poder da literatura como ferramenta de compreensão, de empatia e de transformação social.

Kalaf Epalanga, Berlim, Abril 2024

Sobre o autor:

Criado nas ruas do Parque Modelo, na Zona Norte de São Paulo, **Peu Araújo** descreve os becos e vielas que percorreu ao longo da vida com uma intimidade de quem é do lugar e traz um bairro desconhecido da literatura.

Formado em jornalismo, na primeira turma do Prouni, trabalhou (e ainda trabalha) como repórter e atua também no audiovisual como diretor, diretor de conteúdo, roteirista e pesquisador. É também DJ e pesquisa a música brasileira que está distante das rádios e dos holofotes.

9 786501 031545

Este livro foi impresso na gráfica Psi7,
em papel pólen natural 80 g/m² e cartão 250g/m²
e composto em Adobe Garamond Pro.
Inverno de 2024.